水浒中的社会与人生

刘烈茂 著

天津出版传媒集团
天津人民出版社

图书在版编目（CIP）数据

水浒中的社会与人生 / 刘烈茂著 . -- 天津 : 天津人民出版社 , 2019.8
（大家小札系列）
ISBN 978-7-201-15088-8

Ⅰ . ①水… Ⅱ . ①刘… Ⅲ . ①《水浒》研究 Ⅳ . ① I207.412

中国版本图书馆 CIP 数据核字 (2019) 第174747号

水浒中的社会与人生

SHUIHU ZHONGDE SHEHUI YU RENSHENG

出　　版　天津人民出版社
出 版 人　刘　庆
地　　址　天津市和平区西康路35号康岳大厦
邮政编码　300051
邮购电话　（022）23332469
网　　址　http://www.tjrmcbs.com
电子信箱　reader@tjrmcbs.com

责任编辑　李　荣
装帧设计　UNLOOK · @广岛Alvin

制版印刷　北京金特印刷有限责任公司
经　　销　新华书店
开　　本　880 × 1230毫米　1/32
印　　张　7.5
字　　数　240千字
版次印次　2019年 8 月第1版　2019年 8 月第1次印刷
定　　价　48.00元

目录

中国古代小说的一部奇书

《水浒传》是中国古典小说之中一部脍炙人口的作品，早已为学者，肯定其突出的成就，认为它是世间少见的奇书。明代通俗小说家冯梦龙将《水浒传》列为“宇内四大奇书”之一（其他三本奇书是《三国演义》《西游记》及《金瓶梅》）。明末清初文学批评家金圣叹说：“不读《水浒传》，不知天下之奇。”此后李渔等学者对《水浒传》不断发出赞叹，直至现代学者胡适仍然盛赞《水浒传》为“永不废灭之奇书”。遗憾的是他们都未就《水浒传》之奇作过总体分析。冯梦龙更以传统观念否定《水浒传》中的一些地方，说《水浒传》的艺术成就虽高，但在读者中可能“兴起邪思，致坏心术，是奇而有害于人者也”。金圣叹说：“不读《水浒传》，不知天下之奇。”此话又说得过于夸张，表明古代学者视野的狭窄。把范围从“天下”缩小到“古代小说”，可能比较切合实际些。

《水浒传》究竟奇在何处？是指传奇人物之奇，传奇故事之奇，思想见解之奇，还是小说布局之奇，艺术笔墨之奇，或者兼而有之呢？也许，还有更为奇妙之处。总之，《水浒传》之奇，仍是一个值得探索的有趣题目。

“有一百个读者，就有一百个哈姆雷特。”套用这句话来漫谈《水浒传》，那么每个读者都必有自己心目中的《水浒传》之奇。因此不必寻求什么定论。这么说来，从各种不同的角度来探寻《水浒传》之奇，也许更适合现代读者的口味：

• 一、从揭露官逼民反的角度看《水浒传》之奇。

古代的中国是皇帝统率百官主宰一切的国度。谈任何重大问题不能离开官，百姓的命运掌握在官手里。《水浒传》写的就是官府腐败，弄得民不聊生。许多正直善良的人被逼落草为“寇”，这座山、那座山都有人占山为王。这是乱世必有的景象，每到朝代末年，都是如此。如果沿着这样的思路写下去，那不过是乱世的写照，一点儿也不稀奇，算什么奇书呢？

《水浒传》之奇在于写了梁山之“盗”。它不同于占山为王，而是有道之“盗”，“替天行道”之“盗”。一般的强盗、土匪、草寇，扰民害民，为人民所痛恨。而梁山之“盗”却要为百姓伸张正义。因此，他们高悬“替天行道”旗号，抗击官军，除暴安良，劫富济贫，所到之处，深受百姓欢迎。倒是那些痛骂梁山泊“强盗”的官，拼命搜刮民脂民膏，人民愤怒地骂他们为“害民贼”。

官们骂梁山好汉为强盗，梁山好汉骂官们为强盗，究竟谁是真强盗呢？《水浒传》提出了一个辨别的标准，即“取非其有官皆盗，损彼盈余盗是公”。按照这个标准，年年在大名府搜刮民财然后抽出十万贯庆贺蔡太师生辰的梁中书，是名为官而实为盗，而劫富济贫的梁山好汉则是名为“盗”实为公。这种新见解引起历来有识之士的强烈共鸣，《水浒传》“容与堂本”第五十七回后批曰：“一僧读到此处，见桃花山、二龙山、白虎山都是强盗，叹曰：‘当时强盗直恁地多。’余曰：‘当时在朝廷强盗还多些！’”

《水浒传》描写的就是这样一个时代，山山有强盗，官衙里、朝廷里也到处有强盗。盗寇遍地，贼官横行，正直善良的人何为生？《水浒传》通过林冲、鲁达、武松等典型，向人们指明一条路，投奔梁山。

可见，《水浒传》不是一般地反映乱世的小说，它是中国第一部揭示官逼民反的道理的长篇小说。

· 二、从社会的角度看《水浒传》之奇。

在《水浒传》以前，暴露社会的黑暗，往往只着眼于个别权臣奸佞怎样残害忠良，滥官酷吏怎样贪赃枉法，豪绅恶霸怎样胡作非为；表现被压迫的反抗，也多半局限于个人反抗，或者以死表示抗议。《水浒传》如果继续这么写，尽管写得更生动更典型，也不算太奇。

《水浒传》之奇在于作者敢于站在梁山好汉的立场，无所畏惧地提出“撞破天罗归水浒，掀开地网上梁山”的口号，并以“冲破罗网上梁山”为轴心构思故事，描写了一大批好汉，在专制的统治下，饱尝人间苦难，终于以大无畏的英雄气概，冲破牢笼，走向梁山。《水浒传》揭露的着眼点已从个别例子转向社会关系网，歌颂的着眼点也已从个人反抗转向联合斗争。这两点变化具有极大的冲击力。《水浒传》是第一部描写各阶层被压迫者向专制主义力量挑战的长篇小说。

· 三、从赞颂英雄的角度看《水浒传》之奇。

乱世出英雄，英雄受到人民的崇敬。《水浒传》为英雄立传，表彰他们的英雄事迹，符合中国人喜欢传奇故事的民族心理，不算奇。

《水浒传》之奇在于所写的英雄，和历来传颂的英雄大不相同。在正史里，英雄就是帝王将相，帝王将相就是英雄。一部二十四史，就是帝王将相的英雄谱。依据正史编写的历史演义，也都是为帝王将相树碑立传。《三国演义》没完全依照正史，但也没有超出帝王将相的范围。《水浒传》不同，它把目光从帝王将相转向下层人民。梁山英雄虽然也有帝子臣孙，富豪将吏，其主体却是猎户渔人、雇工小吏，以及三教九流、各色人等，一向最被人瞧不起的卑微人物，在《水浒传》作者的笔下，都成了好汉，成了英雄。正如眷秋曾经指出的那样，施耐庵“独能破除千古习俗，甘冒不韪，以庙廷为非，而崇拜草野之英杰”。金圣叹也说过 :《水浒传》“无美不归绿林，无恶不归朝廷”。将梁山好汉的崇高精神和朝廷君臣的卑劣灵魂作对比，这不仅需要有识，而且需要有胆。如果了解到《水浒传》成书的年代是严禁“讥议”、严禁“犯上”、严禁“亵渎帝王圣贤”的，而犯此禁者不是流放，就是杀头。那么，《水浒传》的出现，不能不说是个奇迹。

梁山泊一百〇八将是否个个都是英雄，他们的所作所为是否都是英雄行为，恐怕很难一概而论。但不能不承认《水浒传》是第一部赞颂除暴安良、劫富济贫的绿林好汉为英雄的长篇小说。

· 四、从描写农民起义的角度看《水浒传》之奇。

绿林好汉劫富济贫，在统治者看来已是大逆不道，竖起替天行道的杏黄旗反抗官府、反叛朝廷，更是十恶不赦的“弥天大罪”。因此，在帝王专制时代描写农民起义是最大的禁区。尽管中国古代的农民起义次数多、规模大，但反映农民起义的文学作品却凤毛麟角，少之又少。偶有反映，也只是片段，而且多半持丑化和否定的态度。《三国演义》具有反对暴政、宣扬仁政的倾向，揭露、批判曹操的残暴、凶狠和奸诈，毫不留情，但涉及黄巾起义，肯定了曹操的镇压和收编。

《水浒传》之奇不仅在于它写了农民起义的发生发展到失败的全部过程，更主要的是作者以满腔热情颂扬梁山好汉对官府的反抗，鲁迅先生于一九二四年到西安讲学时明确指出：清代的公案小说，所叙的侠客，大半粗豪，很像《水浒传》中的人物。不过《水浒传》人物在反抗政府，而这一类书中的人物，则帮助政府，这是作者思想的大不同处。(《中国小说的历史的变迁》)

《水浒传》对农民起义是否自始至终抱歌颂的态度呢？为何肯定受招安的梁山起义军而否定不受招安的方腊起义军呢？这些问题都需要分析。但就总体而言，不能不承认《水浒传》是中国第一部以较为真实的笔墨描写农民起义全部过程的长篇小说。

· 五、从描写招安的角度看《水浒传》之奇。

关于受招安，是学术界争论最多的问题。梁山军受招安以后怎么写？可以有多种方案。一种是洪迈《夷坚乙志》所载的宣和六年“梁山泊贼五百人”向宋朝投降而遭到户部侍郎蔡居厚的残酷诛杀；一种是《大宋宣和遗事》所说的张叔夜招降宋江后，“遣宋江收方腊有功，封节度使”。投降以后，一种被杀，一种升官，都是历史上曾经多次发生过的事，不奇。

《水浒传》写宋江受招安以后的命运，没有采用上述两种说法，而重新构想另一种结局。宋江遵照九天玄女娘娘的意旨，接受了招安，将反叛朝廷的梁山大军变为护国安民的忠义军，北征辽国，南征方腊，在抵御外族入侵和消除内部叛乱两方面立了大功。照一般逻辑推想，宋江率领的梁山军既然这样效忠君王，为朝廷如此卖命（在征方腊过程中，梁山一百〇八将牺牲十之七八），胜利回朝的将领必将受到朝廷的重赏，依照立功大小封官赐爵。出人意料的是，朝中权臣宣召卢俊义面赐御膳，内中暗放水银，又特派天使，给宋江赏赐御酒，酒内放了慢药。他们曾上梁山，后来接受招安，尽管极力效忠王朝，最后得到的竟是这样的下场。这种安排是耐人寻味的：梁山好汉竭力争取的不是走向胜利而是走向自我毁灭。因此，无论作者的主观意图如何，在客观上，《水浒传》的结局，向人们昭示了一个事实：接受招安，只有死路一条。

- **六、从小说创作的角度看《水浒传》之奇。**

中国古代小说的成熟期在诗、词之后，经过志怪、传奇、说话（说故事）的演变，到元、明之间，产生了章回小说。如同一个人，经过幼年、青年到壮年，完全符合事物的发展规律。令人感到惊讶的是《水浒传》的出现，如同奇峰突起，前后左右几乎没有什么作品可与之相媲美。创作《水浒传》的施耐庵发挥了极大的创造力，在塑造人物的形象、锤炼故事的情节以及主题立意的深邃、白话运用的纯熟等，都达到那个时代的最高水平，以至此后数百年出现的同类英雄传奇小说如《说唐》《说岳》等，都难以与之相比。在某种意义上，《水浒传》可说是前无古人、后无来者的不朽杰作，《红楼梦》在多方面超越了《水浒传》，但它不是英雄传奇小说。从这个角度看《水浒传》不仅是中国第一部，也是古代中国最好的一部英雄传奇小说。

- **七、从作品流行的角度看《水浒传》之奇。**

《水浒传》问世以后，朝廷屡下禁令，严禁《水浒传》的刊行流传，甚至专门设立“销毁小说局”。直到二十世纪三十年代初，著名电影戏剧艺术家洪深，为上海明星影片公司编写了三部取材于《水浒传》的电影剧本，拍《武松》一片时，还特邀马戏团的“虎演员”扮演景阳冈上那只吊睛白额大虫。拍摄过程人虎搏斗，惊险万分。谁知，影片尚未公映，已收到南京政府禁拍禁映《武松》的通令，理由据说是歌颂了反对官府的英雄好汉。《水浒传》赞美梁山好汉反抗官府的英雄行为，遭受官府的禁毁，是必有之事。但越禁流行越广，几乎“家置一编、一怀一箧”，也是必有之事。不必惊奇。令人吃惊的是，《水浒传》在学术界中，截然相反的意见持续达数百年之久，至今仍然众说纷纭。莫非《水浒传》隐藏有什么奥秘，至今仍没被人识破？！不管奥秘之有无，就社会影响而论，它很可能超过“四书五经”，尤其在民间，更是如此。在古代小说中，只有《三国演义》等少数几部可与《水浒传》相比。这也是《水浒传》之一奇。

当然，要充分认识《水浒传》之奇，还远不止上述这些，譬如，还可以从白话文学、悲剧文学、民族文学、小说美学、文化史等角度去认识《水浒传》之奇。

《红楼梦》是描写社会人生的大悲剧，已成人们的共识。《水浒传》描写王伦的悲剧、晁盖的悲剧、宋江的悲剧以及林冲、鲁达、武松、李逵等梁山好汉的悲剧，却没有引起人们应有的注意。《水浒传》写了那么多悲剧，说它是中国第一部表现社会人生的大悲剧，不也是很恰当吗？在大团圆的文化氛围里，出现《水浒传》这么一部悲剧小说，是否也可算一奇？

官逼民反是《水浒传》主旋律

《水浒传》，又称《英雄谱》，主要描写梁山英雄一百〇八将。《水浒传》怎样安排他们上梁山，使之既遵循现实生活逻辑，又符合各个英雄的思想性格，并从中展示不同的社会意义。这是作者艺术构思需要解决的问题。

《水浒传》的“蓝本”——《大宋宣和遗事》“三十六人聚义本末”比较简单，先后分五批上山。《水浒传》复杂得多。不只因为上山人数多了三分之二，上山形式变化多端，而且上山聚义的具体原因也比《大宋宣和遗事》深刻得多。别的且不说，《水浒传》作者为了把一百〇八将的上山安排得更合情合理，可说绞尽了脑汁，费尽了心思。

有人把一百〇八将上山聚义的原因概括为五种情形：

一、官府直接逼迫上山的；

二、犯“罪”畏“罪”上山避难的；

三、慕名慕义上山的；

四、交战失败归降的；

五、设计诱请上山的。

其中，直接受到专制统治者的迫害而被逼上梁山，只有林冲、武松等十二人，只占一百〇八将中的九分之一。因此，提出一个疑问：官逼民反是否构成《水浒传》的主旋律？有的还就一个个具体人物算不算官府所逼提出诘问。如：宋江放走晁盖，是谁逼他？鲁达主动救人，打死郑屠，是谁逼他？晁盖、吴用等人劫取生辰纲，是谁逼他？等等。这些问题，孤立地看，似乎问得不无道理。但如果把前因后果，来龙去脉作一番全面深入的考察，可以发现，事情并不那么简单。官逼民反既牵涉到整个社会问题，《水浒传》有关情节和人物的安排，又有种种特殊情况。不管怎么说，《水浒传》既然是第一部突出描述官逼民反的长篇小说，就不能不引起人们的特别重视。说官逼民反是《水浒传》的主旋律，也可以找到相当充分的理由：

一、《水浒传》为英雄人物立传，都以逼反二字为核心。《水浒传》前半部是由一个个人物传构成。在高俅发迹史之后，紧接着描述了鲁达、林冲、杨志、晁盖、吴用、宋江、武松、杨雄、石秀、雷横、解珍、解宝等人的传记。这些人物的社会出身不同，生活遭遇不同，思想个性不同，上山的具体原因也不同。但有一个共同点，就是受逼而后上山。这一点，只要拿《大宋宣和遗事》作个比较，就显得特别突出。《大宋宣和遗事》也写了三十六条好汉先后分五批上太行山梁山泊落草。但他们之所以上山，不是因为犯罪，就是个人品质不好。如林冲、杨志等十二人上山，是因为杨志杀了一个恶少后生而引起的，杜迁、董平则因“做了几项歹事勾当，不得已而落草”。可以说都是“乱自下生”，并非官逼民反。《水浒传》作者对社会问题的看法不同，写法也不同。林冲等人物无例外都不愿上山，其中宋江、杨志还因某种机缘上过梁山，由于不愿参加造反宁死也不愿留在梁山而下山。既然个个不愿上山，为什么最后都上了梁山呢？具体原因各不相同，但深究下去，无例外都受官府所逼，而且一般的逼迫，林冲等人也不肯上山，只有一逼再逼，逼得走投无路才不得不上梁山。因此，《水浒传》前半部错综复杂的情节可以概括为一句话：各种人物被逼上梁山的故事。这个部分，是《水浒传》的精华所在。谈论《水浒传》的主旋律是否为官逼民反的问题，不能不考虑这个重要因素。

二、官逼，不限于“高俅逼林冲”一种模式。社会矛盾很复杂，官府的迫害形式也多种多样。光是陷害一端，就奇招百出，使当事人心迷眼乱，在不知不觉间，踏进了专制统治者巧设的陷阱。禁军教头林冲，见到宝刀，以一千贯买到手，翻来覆去看了一晚，庆幸自己意外得到心爱的宝刀，正直的林冲怎么会想到已中了奸贼的圈套呢？高太尉派人请他去比刀，善良的林冲还以为上司赏识自己，他怎么会想到比刀就是个阴谋呢？林冲跟着高家门人兴高采烈来到白虎堂前，发现不妥，急待转身，已经太迟了。高俅设的这个陷阱，应该说相当巧妙，林冲很难不中计。后面张都监陷害武松，毛太公陷害二解，刘高陷害宋江，也各有各的办法。如果都照高俅那一套搬演，《水浒传》还有什么看头。官僚治国无能，坑害别人的本领却大得很。

还有一种情形必须考虑到，官僚自己虽然没出面，而他们的势力也足以致人于死地。郑屠不过是个卖肉的屠户，因为“投托着经略相公”，便成了郑大官人镇关西。凭着这种官势，他才敢于任意霸占凌辱良家女子，玩弄腻了，还要讹诈一大笔钱财。鲁达见如此伤天害理之事，难以容忍，挥拳打死了镇关西，不得不弃官逃走。妓女白秀英，仗着她与新任知县有“来往”，才敢于在大庭广众之中侮辱和毒打都头雷横母子。表面上是妓女欺负都头，实际上是狗仗官势乱咬人。雷横出于义愤，戴枷打死了白秀英，后来不得已上了梁山。鲁达和雷横，虽然不是官府直接迫害，但没有黑暗势力的存在，难道他们会主动上山吗？

三、恶劣的社会环境使百姓走投无路也是一种逼。石碣村阮氏兄弟是渔民，吴用看到他们晒的破网，头上盘着破头巾，戴着破草笠，不用问就知道他们的日子过得相当艰难。吴用请他们喝酒，故意提起要买十四五斤重的大鲤鱼，问他们“为何不去梁山泊打些？”挑燃他们心中的怒火。阮小七道：“如今泊子里新有一伙强人占了，不容打鱼。”既然是强人占了水泊打不了鱼，照理应憎恨梁山强人才是，谁知他们不恨强盗恨官府。阮小五愤愤不平地说：“如今那官司一处处动弹，便害百姓；但一声下乡村来，倒先把好百姓家养的猪、羊、鸡、鹅，尽都吃了，又要盘缠打发他！如今也好教这伙人奈何！那捕盗官司的人，那里敢下乡村来！若是那上司官员差他们缉捕人来，都吓得尿屎齐流，怎敢正眼儿看他！”阮小二道：“我虽然不打得大鱼，也省了若干科差。”吴用道：“恁地时，那厮们倒快活！”阮小五道：“他们不怕天，不怕地，不怕官司；论秤分金银，异样穿绸锦；成瓮吃酒，大块吃肉，如何不快活？我们弟兄三个空有一身本事，怎地学得他们！”他们明白强盗也是官府造成的，如果生活有路可走，他们何必铤而走险？因此，他们要学梁山好汉奋起反抗。三阮受吴用的鼓动，参与了劫取生辰纲，犯了“罪”，在官军追捕下上了梁山。表面看，他们的上山，是犯“罪”的结果，不属于官府的逼迫。可是，如果追根溯源，问一问三阮为什么那样积极参加劫财行动，除了生辰纲是“小义之财”，受“劫之何碍”这种思想影响，主要是因为官府敲骨吸髓的压榨，使他们难以生活下去。因此，上山，虽然不是那个官僚所逼迫，却是高俅等四贼黑暗统治的结果。

四、官逼民反的写法，既可侧重写逼，也可侧重写反。作为长篇小说，写法上需要多种笔墨。同样写官逼民反，或侧重于逼，或侧重于反，或逼反并争。前提是相同的，没有逼就没有反。看《水浒传》的整体构思，开头部分更多地侧重写逼。这样，出现了形形色色的逼，逼而后反。林冲式、武松式、杨志式、柴进式，各不相同，都比较充分地展示了官逼民反的完整过程。其间，也写了鲁达那样以反为主的典型。作为官逼民反的事例，《水浒传》在前五十四回，即柴进被逼上梁山之前，已写得相当充分。为了使一百〇八将尽快上山，形成梁山聚义高潮，势必需要加快艺术节奏，不能再像前头那样花了十回描述一个武松的逼反过程。五十五回“高太尉大兴三路兵”，杀奔梁山泊而来，预示着《水浒传》的故事已转入梁山军与官军的对抗阶段。

五、至于说到设计诱请上山和交战归降的两批人，表面上看更不是官府所逼，相反，他们直接受到梁山泊首领的诱请或劝请而上山，其中有些人并不排除夹有被逼上山的成分。不过，必须了解，如果没有众多英雄好汉被官府逼上梁山，也就不可能形成梁山军。没有梁山军，也就不存在与官军相对抗。当然，也就不会有交战归降和诱请上山的事实。梁山军形成之后，成了朝廷的心腹之患。朝廷恨不得一口吞掉梁山泊，一次次派出大军围剿梁山泊。梁山军出于对抗需要，当然要千方百计地壮大自己的力量，分化瓦解敌人，击破官军的围剿。因此，诱请上山和交战归降，只能视为官逼民反的一种延伸，是梁山聚义深入发展的必有现象。脱离官逼民反这个前提，孤立地看待诱请上山和交战归降，势必作出错误的判断。

六、背离主旋律的变调曲。《水浒传》前面几十回曾热烈地歌颂过梁山好汉的行为。且看林冲雪夜上梁山，作者预示着英雄们面临的情况是“掀翻天地重扶起，戳破苍穹再补完”。吴用等智取生辰纲之后，官府下令追捕，作者又预告：“梁山泊中，聚一伙擎天好汉。直教红巾名姓传千古，青史功勋播万年”。等到梁山英雄大闹江州前夕，作者更是满怀激情地赞美这场战斗：“江州城里，翻为虎窟狼窝；十字街头，变作尸山血海。直教撞破天罗归水浒，掀开地网上梁山”。这些诗句都表现了作者对梁山英雄打破专制黑暗统治的行动和重造天地的伟大气魄的热烈歌颂。至于三打祝家庄，智取大名府，两赢童贯，三败高俅，直把地方豪强和官军杀得落花流水，更是大长了人民的志气，大灭了敌人的威风。可说是唱了一曲官逼民反的雄伟赞歌。可是，后来宋江硬是扭转了梁山大军的抗争方向。接受招安实质上就是投降，这对官逼民反的主旋律来说，毫无疑问是变了调。征方腊，更是与官逼民反唱了反调。这些变调曲、反调曲是否足以否定《水浒传》的主旋律是官逼民反的说法呢？由于《水浒传》的主体部分、精华部分是官逼民反，梁山英雄形象的灵魂也主要是被逼造反，因此，《水浒传》给读者印象最深刻的不是受招安、不是征方腊，而是官逼民反。后来出现变调曲、反调曲，虽然使主旋律未能贯穿到底而令人深感遗憾。但这些变调曲、反调曲是否足以取代官逼民反而成为《水浒传》的主旋律，相信读者自会作出恰当的判断。

无耻太尉

《水浒传》中描写的梁山英雄，他们的使命是替天行道，除暴安良。这“暴”该选谁为代表呢？皇帝是至高无上的天子，不管怎样昏庸无道，是不敢轻易反对的。梁中书那样的贼官，虽然贪赃害民，但作为祸国殃民的罪魁祸首，似乎还不够格。那么，最合适的应该是朝廷中的当权人物。于是作者选中了高俅、蔡京、童贯、杨戬等四个贼臣，揭露他们“变乱天下，坏国、坏家、坏民”。其实，四个贼臣之中，主要是高俅，其余三人只是陪衬而已，并没有具体描写他们的罪行。

《水浒传》作者为什么选中高俅作为祸国殃民的罪魁祸首，这是值得探讨的问题。

根据《宋史》的记载，北宋末年确有“祸国殃民的六贼”，问题是这六贼并无高俅其人。

宣和七年十二月，“太学生陈东等上书，数蔡京、童贯、王黼、梁师成、李彦、朱勔罪，谓之六贼，请诛之”。（《宋史·钦宗本纪》）

蔡京、王黼方用事，人莫敢指言，独东无所隐讳。……钦宗即位，率其徒伏阙上书，论：“今日之事，蔡京坏乱于前，梁师成阴谋于后，李彦结怨于西北，朱勔结怨于东南，王黼、童贯又结怨于辽金，创开边隙。宜诛六贼，传首四方，以谢天下。”言极愤切。（《宋史·陈东传》）

古代的作家写小说，不敢直接冒犯皇帝，但揭露批判蔡京等“六贼”不应有什么问题，而且“六贼”素材甚多，也有利于小说创作。“六贼”之首是蔡京，《宋史》有其传。此人为了窃权固位，经常更换面目。徽宗即位，起用蔡京等人，滥增捐税，搜刮民脂，大兴“花石纲”之役，激起方腊、宋江起义，又派兵血腥镇压。选蔡京等六贼作为梁山好汉的主要对立面，祸国殃民的首恶，应是合适人选。何况，直接参与镇压宋江起义的是童贯，坐镇江南、搜刮花石纲，激起民变的是朱勔。为什么不选这些罪恶昭彰的权奸贼臣，而另选高俅作为反面人物的代表呢?

高俅史有其人，但《宋史》无传，罪恶并没有上述六贼那么显著。王明清《挥尘后录·高俅本东坡小史》还记有他“笔札颇工”，发迹之后“不忘苏氏”等优点。看来，《水浒传》毕竟是小说，在作者看来，高俅更合乎他的创作要求，蔡京、童贯之流便只好屈居配角了。

作者之所以看中高俅，可能有三个原因：

一、高俅的出身是无赖流氓，竟然爬上了太尉的高位，更能显示朝政的腐败程度；

二、高俅和徽宗的特殊关系，流氓太尉和浪子皇帝结合，显示朝政的黑暗；

三、高俅在《宋史》无传，便于虚构，尤其是要和梁山好汉打交道，少不了虚构。蔡京、童贯等，《宋史》有传，史实太具体，反而不利于想象。

为了说明这是合理的推想，有必要引点故事情节相互印证。

高俅因踢得一脚好球而被抬举为殿帅府太尉，实际掌握朝廷军政大权。这样将国家大事当儿戏，实在是难以想象，但事情千真万确地发生了。作者以嘲讽的笔调介绍高俅的出身，说他是个“破落户子弟”，是个吃、喝、嫖、赌无所不为的无赖流氓。因为“帮了一个生铁王员外儿子使钱，每日三瓦两舍，风花雪月”，为父亲所唾弃，告了他一状，“府尹把高俅断了二十脊杖，迭配出界发放，东京城里人民不许容他在家宿食。”家人和百姓都厌恶他，避之唯恐不远。

就是这样一个地痞流氓，后来一个偶然机会，来到端王府，恰好遇上端王正在踢球。宋人踢球，动作近似现在踢毽子。对方踢来了一个高难度的球，端王接不着，球儿直滚到高俅身边。他随机应变，飞起一脚，使个“鸳鸯拐”，将球踢还端王。就凭这一脚，改变了高俅的命运，也改变了国家的命运。就凭这一脚，端王非常赏识他，马上成了端王的随从，无日无夜地陪端王玩耍。未及两个月，端王登上皇帝宝座，大权在手，也就把高俅提拔为殿帅府太尉，直接主宰千百万人民的命运。

宋徽宗为什么特别赏识高俅？如果只是为了踢球玩乐，可以让他做个供奉侍臣，何必提他担任太尉这样的军国要职呢？

原来，徽宗与高俅是一丘之貉。《水浒传》介绍端王所采用的笔调，几乎与介绍高俅完全相同。说他是神宗第十一子，排号九大王，“这浮浪子弟门风帮闲之事，无一般不晓，无一般不会，更无一般不爱。即如琴、棋、书、画，无所不通，踢毬打弹，品竹调丝，吹弹歌舞，自不必说”。和高俅相比，徽宗只少了一句：“若论仁、义、礼、智、信、行、忠、良，却是不会。”其实，上面的介绍，也就是这一句的另一种说法而已。

端王后来当了皇帝，重用、宠信高俅等四贼臣，任凭这伙害民贼把国家搞得昏天黑地、民不聊生，自己却深居内宫，沉湎于酒色之中。三宫六院的嫔妃还不足供其淫乐，经常偷偷溜到妓馆嫖玩京师名妓李师师。古代荒淫皇帝并不少见，但像道君那样外出嫖妓，毕竟不多。道君也意识到这样做有失皇上尊严。于是，特令侍臣挖了一条专用的地道，打通内宫至娼妓李师师家，以避世人耳目。道君每次钻地道，都“扮做白衣秀士”。宋江、燕青两次私访李师师，都遇到皇帝“从地道中径到李师师后门来”，称之为流氓皇帝也不为过。了解道君皇帝这些荒唐透顶的行径，他特别赏识、重用流氓高俅，也就用不着大惊小怪了。

让高俅这样的流氓掌握国家军政大权、主宰国家命运，当时的朝政如何，不问而知。

《水浒传》对高俅的暴政，没有铺开来写，只着重写他上台烧了三把火：

第一把火挟嫌报复，逼走了禁军教头王进；

第二把火纵子作恶，支持干儿子高衙内图谋霸占林冲的妻子，害得林冲妻离子散，家破人亡。

第三把火迫害鲁达、杨志等人，使一批武艺高强、心怀报国大志的英雄好汉不得不上山落草。

这就是流氓太尉的政治特色。此后在和梁山好汉打交道的过程中，他的言行举止，处处显露流氓的本色，翻手为云，覆手为雨。他的每种作为，显出了其流氓气。

高俅这个角色在《水浒传》占据什么位置，起了什么作用？金圣叹在评点《水浒传》中指出：

一部《水浒传》，“将写一百八人也，乃开书未写一百八人，而先写高俅者，盖不写高俅，便写一百八人，则是乱自下生也；不写一百八人，先写高俅，则是乱自上作也。乱自下生，不可训也，作者之所必避也。乱自上作，不可长也，作者之所深惧也。”

这种看法是有道理的。还有一点耐人寻味，《水浒传》在叙述高俅之前，开章第一回先写“洪太尉误走妖魔”，有的人把它看成仅仅是一个宣扬天命思想的神怪故事，认为把梁山英雄好汉比作魔君意味着“诬蔑”，这种看法是不明白作者的创作意图，它作为全书的楔子绝不是可有可无的文字，它有点像《红楼梦》开篇的“太虚幻境”故事，在全书中起了象征性的提示作用。作者想借此表明：北宋王朝的天下本来太平无事，只因洪太尉太专横，不听真人劝告，误开了“伏魔之殿”，放走了前代老祖天师锁镇在里面的一〇八个魔君，才使天下大乱。“社稷从此云扰扰，兵戈到处闹垓垓”。所谓“魔君”，既可解释为“妖魔鬼怪”的“魔”，危害众生的“魔”；也可理解为反叛神道的“魔”，以正压邪的“魔”。在中国历来有“道高一尺，魔高一丈”的说法，联系全书来看，这里所说的魔，更主要是代表在专制高压下奋起反叛的人民。在正常情况下，魔是出不来的。殿门重重叠叠的许多封皮，殿内石碣之下有石龟，石龟之下有石板。倘若洪太尉不是那么独断专横、那么飞扬跋扈，决不至于造成一〇八个魔君冲穴而出的局面。林冲、鲁达、杨志、武松等英雄好汉一个接一个冲破黑暗的天罗地网，上了梁山，不正是洪太尉之流的高俅所逼迫才奋起反抗吗？洪太尉、高太尉不只是一个专横跋扈的奸佞典型，也是一个把国家推入黑暗深渊的黑暗势力的象征。

专制社会的怪胎——高衙内

中国几千年的专制制度，产生许多怪现象，出现许多畸形人物，如被阉割的太监、禁锢冷宫的宫妃、无法无天的土皇帝以及横行无忌的衙内等。

在元曲的许多剧目里都有衙内这种怪物，俗称花花太岁。这种怪物虽然也被叫作人，却没有人味。他们一不用学习，二不用种田，三不用做工，专干吃、喝、玩乐，调戏污辱抢偷女人的勾当。

譬如《黄花峪》里的蔡衙内，在酒店里听到刘庆甫的妻子李幼奴唱曲，硬要人家陪他喝酒作乐，并叫他作“亲亲的义男儿”，倘若不肯，就要吊打。幸好梁山好汉杨雄赶至，救了李幼奴。但蔡衙内并不甘心，在小路上又抢走了李幼奴。这是衙内特有的行径。《黑旋风双献功》里的白衙内更为嚣张。他拐骗了孙孔目的妻子，还借个大衙门来坐三日。孙孔目去告状，白衙内不问原委，一下就把他打入死牢。孙孔目申辩自己是原告，白衙内说：“我这衙门里则枷原告。”衙内就是这种角色。他们背后有靠山，连大衙门也可以借，任由衙内胡作非为。

为什么元曲里会出现这么多的衙内形象呢？由蒙古王公贵族和为虎作伥的色目人、汉人组成的权豪势要是元代社会的特权阶层，这些人凭借特殊的地位和权力，常常把持官府，欺压百姓，甚至在众目睽睽之下抢掠民妇。《元史·张珪传》记载：“比者额森特穆尔之徒，遇朱大臣妻女过省门外，强拽以入，奸宿馆所。”人有权势，国无法度，或虽有法度，权大于法，必然发生这种无法无天的现象。熟悉中国戏曲舞台和社会舞台的观众，对衙内这种怪物并不陌生。

《水浒传》里的高衙内，比元曲里的花花公子表现得更为卑劣。他在游逛岳庙时看中了林冲的娘子，拦住调戏，随后设计骗去陆谦家中企图污辱。初看，似乎只是一般的流氓行径。看了整个过程，才知与一般流氓行径大不相同。社会上的流氓多半在阴暗角落里偷偷摸摸，欺凌没有社会地位的民间妇女，一旦被人发觉，便溜之乎也，寻找时机，另外猎取别的对象。而高衙内则不同。他竟敢在光天化日之下无所顾忌地调戏妇女。当他得知他所调戏的妇女是东京八十万禁军教头林冲的妻子，不仅不敛手，相反，更表示非抢夺到手不可。若想娶妻，天下女子多得很，为何非要强娶有夫之妇而且是禁军教头的妻子不可呢？林冲作为枪棒教头，武艺高强，抢走他的妻子，就不怕他寻仇报复吗？但高衙内全不理会这一切，一门心思只要把林冲娘子弄到手就行。这岂不是咄咄怪事！

高衙内的干爹高太尉得知螟蛉子图谋林冲妻子未成而病倒，将作出什么反应呢？且不管他的道德良心如何，只要是稍为讲点体面的官僚，必定会给如此为非作歹的儿子刮个耳光，让他清醒清醒头脑。至少也会给予劝阻，不准儿子再横行霸道。激起公愤，对太尉坐稳的宝座大大不利。再不然，给儿子物色一个年轻貌美的女子，让他快点成亲，也是个解救的办法。要做到这一点，对高太尉来说，也并非难事。可是，这位官大权重的干爹，竟然和他的干儿子一样，不知天下有羞耻二字。他一不训诫，二不规劝，三不为之娶妻。为了满足干儿子的卑劣欲望，竟设毒计陷害林冲：叫心腹假装卖刀人，把一口宝刀卖给林冲，再唤林冲到太尉府内比刀。林冲不知是计，便持刀来到白虎堂前，顿时猛醒："这节堂是商议军机大事处，如何敢无故辄入？"急忙转身，早被高太尉喝令左右拿住，解往开封府，诬陷他"谋刺本官"之罪。位居殿帅府太尉的高俅，竟然作出这种纵子作恶、陷害林冲的伤天害理之事，真是天下奇闻。

开封府尹听了林冲的申诉，知道此中必有蹊跷，却假装糊涂，不敢查明真相。当案孔目孙定，为人耿直好善，查明了这件事的来龙去脉，深知林冲含冤负屈，便婉转地在府上说知就里，禀告府尹："此事果是屈了林冲，只可周全他。"府尹不听，反问："高太尉批'仰定罪'，定要问他手执利刃，故入节堂，杀害本官，怎周全得他？"

孙定不免仰天长叹：“这南衙开封府，不是朝廷的，是高太尉家的。”府尹痛斥他胡说。孙定鼓起勇气申辩：“谁不知高太尉当权，倚势豪强，更兼他府里无般不做。但有人小小触犯，便发来开封府，要杀便杀，要剐便剐，却不是他家官府？！”府尹被驳得哑口无言，有罪的毕竟是高俅父子而不是林冲，因此，不敢遵照高俅的吩咐定林冲以死罪。但慑于高俅的权势，仍然断了林冲“脊杖二十，刺配远恶军州”。官府明知高俅父子伤天害理，林冲含冤负屈，仍然不敢秉公执法。结果，犯罪的逍遥法外，无罪受害的发配沧州牢城。这就是当时的社会现实。

由此可见，高衙内调戏诱奸林冲娘子，决非一般的流氓行为，而是高俅父子凭借太尉的地位权势来迫害林冲。

高衙内为什么敢于这样为所欲为？因为他深知：第一，父亲位高权大，而且正得到徽宗皇帝的宠信；第二，干爹爱惜自己，必会尽量满足自己的各种欲求；第三，开封府受太尉管辖，只能唯太尉之命是从；第四，林冲虽然是个教头，但无权无势，内心纵有不满，岂敢用鸡蛋碰石头。这种想法是自古以来衙内们通常的心思。因此，可以说，有专制，就必有衙内，专制是滋生衙内的社会土壤。专制制度在中国延续了几千年，衙内这种怪胎也就生生不已，绵绵不绝。

林冲容忍的极限

林冲是著名的梁山英雄，马军五虎将之一。他在上梁山之前，是东京八十万禁军教头。他美丽温柔的妻子一再受到高衙内的调戏、追奸（未成）、逼嫁。这种奇耻大辱对一般男子汉大丈夫都难以忍受，何况身为八十万禁军教头的英雄林冲。他怎样处理这种当众受辱之事呢？想必会用拳头狠狠地教训那位花花公子。倘若高衙内的干爹敢于出面迫害自己，那就一不做二不休，杀了他们，携带妻子投奔梁山。

实际生活当然不会这么简单。

林冲作为东京的禁军教头，社会地位不算高，只是个军队武艺教练员，但生活待遇相当优厚，家中有个年轻美貌、温柔多情的妻子。他出场时身穿绿罗战袍，腰系银带，手拿一把西川折扇，样子和鲁智深、李逵迥然不同。作者似乎在告诉读者，像林冲这样的人，要上梁山，恐怕很不容易。鲁智深“赤条条来去无牵挂”，李逵身边除了两把板斧别无财产。他们说上梁山，抬起脚就走，全无后顾之忧。林冲就不同了，美丽多情的娘子，温暖富足的家庭，受人尊敬的社会地位，他一样也舍不得。还有传统观念的束缚，林冲做梦也没想到会上梁山。

作者对现实各种人物的观察相当深刻，从外在的言谈举止到内心深处的微妙变化。当林冲听说妻子在岳庙的大庭广众之中被人调戏，气得要命，立刻跑去，抓住流氓就要打，扳过肩胛一看，原来是当朝太尉的干儿子，举起的拳头软了下来。鲁智深带着铁禅杖前来帮忙，林冲反而极力相劝。林冲说本要揍他一顿，怕太尉面子不好看，自古道：不怕官，只怕管，权且让他一次。鲁智深说："你却怕他本官太尉，洒家怕他甚鸟？"林冲自己强压心头怒火，也劝鲁智深暂时忍住为好，表明林冲为了保住教头的身家地位，不敢与当权的官僚决裂。

林冲的息事宁人并没有换来高衙内的怜悯。相反，他视林冲软弱可欺，步步进逼。听从帮闲富安的诡计，收买了林冲的好友陆虞候，将林冲娘子骗去，企图加以污辱。林冲在救出妻子以后，心中怒火难以平息，"把陆虞候家打得粉碎"。回家取了尖刀，到处寻找陆谦，想杀陆谦解恨。俗话说："冤有头，债有主。"林冲为何不找主犯高衙内，却只找帮凶算账？很明显，他怕"恶了太尉"，丢了饭碗，有意避免与高太尉发生直接冲突。

诱奸林娘子之计失败以后，高衙内受了大惊而病倒。高太尉得知干儿子干了这种无耻的勾当，本应狠揍他一顿，严加管教。至少也应加以劝阻，防止情况的恶化。可是，流氓成性的高俅竟然不怕社会舆论的谴责，纵子作恶，设下卖宝刀、比宝刀、引入白虎堂的毒计，诬陷林冲“欲杀本官”，命人解去开封府问断，要定死罪。幸亏办案的孔目了解内情，才免了林冲的死刑，改为刺配沧州牢城。

林冲受高太尉的残酷迫害，含冤负屈，依然不敢奋起反抗。他错误地认为，这桩事情由娘子引起，只要休了妻子，便可彼此相安。因此，他在流放前，给妻子写了休书，任从娘子改嫁。理由是自己此去“生死存亡未卜”，为了不致“误了娘子青春”，同时也为了自己“免得高衙内的陷害”。这种做法，暂且不论林冲主观动机好坏，客观上无异于把妻子推向求救无门的境地。试想，林娘子得到休书，便成了无夫之妇，无形中为高衙内进一步威逼这头亲事大开方便之门。林冲妻子未被休，岳父张教头还可以以有夫之妇为由，拒绝逼婚。被休后，将以什么理由来顶住当朝权贵高俅的宠子的逼婚呢？实际等于解除了林冲妻子最后一层保护网。林娘子为人贞节贤惠，对于她，只有走“守节死义”这条路了。因此，林冲的忍辱退让，必将导致林娘子的悲剧。

实际上，高俅父子并没有因为林冲休掉妻子而放弃对他的继续迫害。林冲尚未上路，高俅已买嘱董超、薛霸在半路寻机弄死他。

林冲却蒙在鼓里，仍然抱着日后“挣扎回来”的幻想。解差在野猪林下手，但计谋被鲁智深识破，在水火棍下救出林冲。到这个时候，林冲本应丢掉幻想，杀掉解差，和鲁智深同奔梁山。想不到林冲依然逆来顺受，竟然为两位谋杀犯向鲁智深求情，准备在沧州安度悲苦的囚犯生涯。

儒、道、佛三家都鼓吹“忍”，林冲受的影响未免太深了。如果高俅父子不那么凶狠，非置林冲于死地不可，那么，林冲也许还会继续忍下去。试看，睡在沧州草料场里的林冲，大风吹得草屋摇摇晃晃，他心里并没有思考如何复仇，而是盘算着等天晴叫个泥水匠来修理。善良而安分守己的林冲竟然没有想到三番四次迫害他的高俅父子还会再派人向他下毒手。当李小二告诉他“有个东京来的尴尬人”，行为鬼鬼祟祟，话里露出“高太尉”三字，他不免大吃一惊。他猜想又是那个陆虞候，再也按捺不住心中的怒火，买把尖刀，前街后巷找个遍，一连寻了五日。第六天夜晚，草料场起火，躲在古庙里的林冲，听门外陆谦等三人对话，才知道草料场的大火是他们放的。他们正在得意忘形地说什么等火灭后要拾一块林冲的骨头回京，让太尉、衙内知道他们会办事。到了这个地步，林冲已退无可退，忍无可忍，于是，搬开顶门石头，大喝一声，带着满腔仇恨和无比愤怒的心情，干脆利落地杀了陆谦等三人，顶风冒雪，连夜投奔梁山。

人们谈起逼上梁山，很自然地就会想到林冲。《水浒传》描写了一系列逼上梁山的故事，林冲可说是最有代表性，原因有三：

一、专制统治者对他的“逼”，在他身上体现得最突出、最充分。

二、林冲思想的转变写得很自然，合情合理，经得起仔细推敲。

三、上了梁山的林冲，精神面貌发生了深刻的变化，和在东京的林冲相比，判若两人。

林冲被逼上梁山的故事，具有重大的社会意义。有些文学史家根据这则故事说明《水浒传》现实主义的深度。高俅父子迫害林冲的过程，确实挖得很深，挖出专制统治者极其卑劣的灵魂，同时深刻表现了林冲从步步退让到奋起反抗的必然逻辑。不过，还可以从另一个角度思考这问题：现实生活里的“林冲”必定上梁山吗？照《水浒传》的情节安排，似乎摆在林冲面前只有一条上梁山的路。其实，这是作者特意安排的，现实生活不一定非如此不可。历史上受权奸迫害的忠臣义士不知有多少，究竟有几个上了梁山呢？像林冲这样的人，碰到类似的迫害，更大的可能恐怕不是忍辱偷生，就是家破人亡，即使有点反抗的勇气，至多也是击鼓鸣冤。这更符合现实生活的发展逻辑。从六朝小说的韩朋故事到《聊斋志异》的《红玉》，都可以说明这一点。但《水浒传》却非让林冲上梁山不可，除了展示官逼民反的道理，实际上是给被压迫者指出一条反抗专制压迫的道路。它无异于向读者表明，对专制统治者不应存有任何幻想，忍辱偷生，只有死路一条。

丹书铁券救不了柴进

古代的贵族世家大都有传家宝，不过各家所藏不尽相同。或传古董宝玩，或传金杯玉碗，杨志先祖传下宝刀，柴进家藏的是丹书铁券。

为什么柴家藏有丹书铁券？林冲发配沧州道，途中酒店主人介绍说：“附近村中有个大财主。此间称为柴大官人，是大周柴世宗子孙。自陈桥让位，太祖武德皇帝敕赐予他誓书铁券在家中，谁敢欺负他？专一招接天下往来的好汉，三五十个养在家中，常常嘱咐我们酒店里：‘如有流配来的犯人，可叫他投我庄上来，我自资助他’。”

这里提到的誓书铁券（即丹书铁券）是什么东西？为什么有了它，人家就不敢欺负他？原来，它是古代皇帝赐给侯王和功臣保持某种特权的凭证。券是铁制的，上面用丹砂写成红色的字或用黄金镶嵌着金色的字，传于子孙后代。至于券内写有什么特权，则因人而异。

《辍耕录》记载的《钱武肃铁券》，是唐昭宗赐给钱镠的。清代《台州府志》记有该铁券的嵌金文词，内容有所封的官职爵位、封地、功绩及誓词："……惟我念功之旨，永将延祚子孙，使卿长袭宠荣富贵。卿恕九死，子孙三死，或犯常刑，有司不可加责"。

这是唐昭宗赋予钱镠的种种特权。柴进家藏的丹书铁券不知记有什么特权，大概也是封地及犯罪免死之类，故柴进敢于接纳资助官府判罪的犯人。

柴进仗着自家传有丹书铁券，专一接待天下往来的流配犯人。宋江杀惜之后，投柴进庄避难，唯恐拖累柴进，内心惶惶不安。柴进仍沉醉于旧梦之中，吹牛说："兄长放心。遮莫做下十恶大罪，既到敝庄，但不用忧心。不是柴进夸口，任他捕盗官军，不敢正眼儿觑着小庄。"他把丹书铁券视为护佑一切的神物，说什么"便杀了朝廷的命官，劫了府库的财物，柴进也敢藏在庄里"。当朱勔责问柴进"黑旋风那厮，为何却敢径入贵庄躲避"时，柴进更是自夸海口："容覆：小可平生专爱结识江湖上好汉。为是家间祖上有陈桥让位之功，先朝曾敕赐丹书铁券，但有做下不是的人，停藏在家，无人敢搜。"柴进万万没想到，社会正在发生遽变，朝廷大权已落在高太尉手里。旧贵族的特权纵使记载在皇帝敕赐的丹书铁券上，也将受到新权贵的无情挑战。

在古代，权势并非固定不变。除了改朝换代，同一朝代内，权势人物也同样存在升沉变化。高俅当上太尉之后，昨日一无所有，今天权倾朝野。高家的三亲六戚，也随之飞黄腾达，横行霸道。高唐州的殷天锡，凭借姐夫知府高廉的权势，要强行霸占柴进叔叔的花园。柴皇城挨了打，呕了气，“卧病在床，早晚性命不保”，于是请求柴进快速前往解救。柴进带李逵前去探望。李逵得知殷天锡的蛮横行径，跳将起来说：“这厮好无道理！我有大斧在这里，教他吃我几斧，却再商量。”柴进有恃无恐，犹如胜券在握地劝道：殷天锡“虽是倚势欺人，我家放着有护持圣旨”，完全可以依靠法律，“和他打官司”。李逵相信斧头的力量，柴进相信丹书铁券的威，到底哪种有效呢？

殷天锡不理柴皇城被气死，照样前来抢占花园。柴进打出丹书铁券这张王牌，以为可以压倒殷天锡的气焰。谁知殷天锡不把丹书铁券放在眼里。他只知自己背后有高廉，高廉背后有高俅，不知丹书铁券为何物，扬言：“便有誓书铁券，我也不怕”，并呼唤爪牙痛打柴进。倘若不是黑旋风及时赶到，柴进在殷天锡狐群狗党的殴打下，能否保住性命也很难说。在这样严峻的现实面前，柴进本应醒悟。可是，这个贵族后裔仍然迷信丹书护身的神威。李逵打死了殷天锡，柴进劝他快点回梁山，自己却不躲不逃，让高廉毫不费力地把他抓去。严刑之下，柴进仍然大叫：“放着先朝太祖誓书，如何便下刑于我？”高廉喝令狠狠痛打来回答他的责问。顿时把柴进打得皮开肉绽，鲜血迸流。这时柴进才如梦初醒，知道丹书铁券在权势者面前，只不过是一块废铁，实在无济于事。

高廉、殷天锡和柴皇城、柴进之间的矛盾，是统治阶级内部新旧贵族之间争夺权力和财产的矛盾。柴皇城的死和柴进的失陷入狱，是这一矛盾发展的必然结果。附在丹书铁券上的先祖幽灵怎能战胜新贵族的权势呢?

梁山好汉得知柴进陷于死牢，立即下山，攻下高唐州。李逵从枯井中救出柴进，护送柴进上了梁山。丹书铁券救不了柴进，梁山的军马却使高廉丧魂落魄。插翅虎雷横的一刀，即把高廉挥做两段。“可怜五马诸侯贵，化做南柯梦里人。”斧头朴刀毕竟胜于丹书铁券的威力。

从生辰纲看中国古代的官场病

北京大名府留守梁中书给岳父蔡京送生辰贺礼。这件事既平常又不平常。说它平常，因为按照中国的礼俗，岳丈大人庆贺寿辰，女婿敬送礼物，是分内应做的事，合情合理。说它不平常，因为他送的礼物，不是什么寿面寿桃寿星公，而是金珠宝贝十大担。这十大担的金珠宝贝价值十万贯，叫十万贯生辰纲。当时拥有万贯家财已是富翁，一次生日送去了十万贯礼品，可真不少。

尤可注意的是，去年梁中书为蔡太师的生日已送过十万贯生辰纲，但在半路上被劫，今年照送不误。可以预想得到，倘若今年同样被劫，明年还会再送。

人们不免要问，梁中书为什么要给蔡丈人送如此厚礼呢？为什么能送如此厚礼呢？答曰：送者是北京大名府留守梁中书，被送者是当朝权势赫赫的蔡太师。假如《儒林外史》里的范进，有朝一日做了知府，会不会给岳父胡屠户送十万贯生辰纲呢？可以肯定，寿礼一定会送，但不可能是十万贯。除非书呆子范进在官场里学会了梁中书做官的诀窍，胡屠户成了当朝的太师。范进学会做官诀窍易，胡屠户跃居当朝太师难。胡丈人只配吃长条的寿面，没有福气欣赏闪闪发光的金珠宝贝。

岳丈是太师，为什么女婿就需要送那么贵重的寿礼？不是什么女婿都需要送这样的厚礼。假设蔡京另有个女婿在国子监（大学）当博士、助教，大概就不会送十万贯生辰纲，要送也送不起。只有像梁中书那样当了大名府留守，才感到有这种需要，而且有这种可能。为了弄清此中的奥妙，不妨听听梁中书和他夫人在端阳酒席上的一段对话：

蔡夫人道："相公自从出身，今日为一统帅，掌握国家重任，这功名富贵从何而来？"

梁中书道："世杰自幼读书，颇知经史，人非草木，岂不知泰山之恩，提携之力，感激不尽！"

蔡夫人道："丈夫既知我父亲恩德，如何忘了他生辰？"

梁中书道："下官如何不记得，泰山是六月十五日生辰，已使人将十万贯收买金珠宝贝，送上京师庆寿。一月之前，干人都关领去广。现今九分齐备，数日之间，也待打点停当，差人起程。"

从这段话看出，梁中书夫妇都深知他们的富贵从何而来，要保住已有的荣华富贵，进而谋取更多的荣华富贵，都离不开蔡太师提携之力。对梁中书来说，蔡京既是老丈人，更是做官的大靠山。俗语说：“朝中有人好做官。”更何况蔡京不是一般的朝官，而是一人之下、万人之上的太师呢！梁中书在蔡京生辰的前一个多月，就尽心尽力地筹备生辰礼物，比军国大事更为重视。这种举动，不只是看在岳父的情分上，更要紧的是看在蔡太师的官位权势上。他趁岳丈生辰之机，送上十万贯金珠宝贝，不只是报答了蔡太师提携之恩，也可说是一种新的投资。它将砌成一条晋升之路，百万千万闪闪发亮的金珠宝贝，正在前头向他招手呢！这是一本万利的生意，梁中书的官场生意经精通得很哩！

读《水浒传》生辰纲的故事，联想中国古代的官场，可以发现多数患有三种通病：

一、巴结病。做了官，就拼命巴结上司。阳谷知县并没有岳丈在朝里当太师，同样搜罗了一担财物，特地派武松送到东京。《金瓶梅》里的西门庆屡次给当朝宰相蔡京祝寿，送去大量的金银财宝作为寿礼，除了被认作干儿子，并换得一个掌刑正千户的官。此中的奥妙，《聊斋志异 · 梦狼》说得最直白，也最透彻。白翁梦见当官的大儿子白甲变成吃人的老虎，手下的官员是吃人的狼群，衙门里的白骨堆积如山。他惊醒过来，特派二儿子前往探视老大。果然看见白甲干着受贿送贿等勾当，便含泪相劝，谁知反遭白甲的嘲讽，说：

“弟弟你天天住在乡间简陋的茅屋里，不晓得官场里的诀窍。罢官升官的大权，掌握在上司，不在老百姓。上司喜欢的，就是好官。爱护老百姓，怎么能博得上司的欢心呢？”白甲这个做官秘诀，道出了当时官吏制度的痼疾。要保位，要升官，就必须善于巴结逢迎，行贿上司；上司喜谄、受贿，必然纵容下属；下属得到包庇纵容，贪赃枉法，敲骨吸髓，什么事干不出来；最后的结果，是老百姓化成衙门里一堆堆的白骨。这就是《梦狼》揭示的做官诀窍和昭示的社会逻辑。

二、搜刮病。下级官吏要巴结上司，不能只凭两片嘴皮一双手的吹吹拍拍，还需要点物质的东西。譬如庆贺生日，不能只在口头上敬祝万寿无疆，还需送大小不等的生辰纲。梁中书一送就是十万贯，这金珠宝贝从何而来？小说里没有披露。作者相信读者诸公心知肚明，不必多费笔墨。梁中书既非开金挖银的矿主，也不是采珠炼宝的术士。不靠贪赃枉法，拼命榨取民脂民膏，难道金珠宝贝会像天上下雨那样倾盆而降吗？清康熙年间，号称“天下第一清官”的张清恪，把《禁止馈送檄》高悬堂上，其文曰：“一丝一粒，我之名节，一厘一毫，民之脂膏。宽一分，民受赐不止一分；取一文，我为人不值一文。谁云交际之常，廉耻实伤，傥非不义之财，此物何来？”在真正廉洁奉公的清官眼里，红纸包的不是礼品，而是人民的脂膏血泪。十万贯金珠宝贝，哪一件不是民脂民膏？哪一件不含有百姓的血泪？因此，刘唐得知梁中书发送生辰纲的消息，便来找晁盖，说：“此一套是不义之财，取之何碍！天理知之，也不为罪！”中国古代官场，向来把升官和发财联系在一起。升了官，增加了俸禄，但毕竟有限，发不了财。要做到升官发财，就必须善于利用手中的权势，学会敲骨吸髓。这样，不义之财滚滚而来，不愁发不了财，遗憾的是，百姓跟着遭了殃。所谓“一家发财万家哭！”大概就是从官场提炼出来的成语。

三、黑心病。做官心不黑，就难以发财，要发大财，就必须像蔡京、梁中书那样做贼官。头上戴的是官帽，身上穿的是官衣，衙门里外做的是贼事；百姓易子而食，视而不见；哀鸿遍野，听而不闻；办案之时，只看黄白多少，不问是非善恶。唐代也有个十万贯的故事，见于张固的《幽闲鼓吹》。不过，这十万贯不是生辰纲，而是贿赂钱。它记叙张延赏承审一件大案，让属员严加追查。第二天清晨，发现桌上有张条子，上面写着，钱三万贯，乞不问此狱。”张很生气。明天又有张条，写着“钱五万贯。”张更生气。再过一天，条子改写为“十万贯”。张看了转怒为笑，说：“钱至十万，可通神矣。无不可回之事”，从此不再追究这个案件。《聊斋志异 · 席方平》，记述席方平魂赴阴曹代父申冤，但所遇到的都是贪官酷吏。最后告到阎王殿，谁知阎王也同样贪赃枉法。席方平这才明白官场的黑暗腐败到了不可救药的地步。他一面受着酷刑，一面大声喊叫：“该打！

该打！谁叫我没有钱啊！”阎王更加恼怒，喝令带他下去尝尝火床烧烤的滋味。这是当时中国官场的写照。

中国古代官场的通病能否根治？《水浒传》对梁中书的办法是一劫二杀。但杀了梁中书，又会冒出张中书、李中书，可知杀并非根治之方。除了彻底消灭专制腐败的制度，不可能找到更好的良方。

花石纲遗珠之憾

胡适考证、研究《水浒传》得出一个结论：“生辰纲的始末，是《水浒传》全局的一大关键。”这话没有错。这里做点补充说明：一、智取生辰纲事件的描写定下了反抗专制政府的基调；二、七星小聚义拉开了梁山大聚义的序幕；三、事件中的有关人物都成为梁山事业的奠基人。

问题是宋江起义发生在北宋徽宗宣和年间，当时的主要社会问题是花石纲而不是生辰纲，作者为什么要避开花石纲而突出生辰纲？不能不引起人们的深思。

这里不妨先看看当年花石纲的情况。

《水浒传》里写的道君皇帝宋徽宗，作为书画家有独特的贡献，作为皇帝却是个荒淫无度、误国害民的亡国之君。他重用蔡京等奸臣，横征暴敛，对百姓进行敲骨吸髓的压榨。建宫殿、显威风、修宫苑、供享乐，历代皇帝几乎个个乐此不疲，而徽宗尤为突出。他迷信道教，为了“多男之祥”，采纳道士的建议，在京城（今开封）艮方（东北）用人工堆造一座大山，取名艮岳，也叫万岁山。为了兴建这座“人间乐园”，委派蔡京、童贯等人主持建造延福宫，特派朱勔到苏州主持“苏杭应奉局”，专门搜刮各种奇花异石。

所谓花石纲，就是以前后相连的船队，每十船组成纲，把搜刮得来的奇花异石从江南运载到京城。浙江湖州的太湖石，安徽宿州的灵璧石以及生长在民间的奇花异木，是重点搜寻的物品。朱勔一伙到江南，以皇家征用花石为名，到处抢掠民物。“凡士庶家有一草一木稍堪玩者，即领健卒直入其家，用黄封表识，使护视之，微不慎，即被以大不恭罪。及发行，必撤屋抉墙以出。”（《朱勔传》）

这次洗劫，给全国百姓、特别是江南一带造成莫大的祸害，是中外历史上罕见的花石奇祸，奇花异草怪石珍木，本是观赏物，可以陶冶性情，增添雅趣。到了这时，却成了惹祸的尤物。“人不幸有一物小异，共指为不祥，唯恐芟夷之不速。”（《宋史》）

在《大宋宣和遗事》里，有关花石纲的故事，仍占极为重要的位置。下面摘录数则，就可见其分量：

一、它比较完整地记述了徽宗建造万岁山的始末：

徽宗即位之初，皇嗣未广，有道士刘混康以法箓符水得幸，上奏：“禁城西北隅地势稍低，若加以高大，当有多男之喜。”诏增筑数仞岗阜。后来后宫果生男不绝，为此愈是崇信道教。是年，诏户部侍郎孟揆董工增筑岗阜，取象余抗凤凰山，号做“万岁山”。多运花石妆砌。后因神降，有“艮岳排空”之语，改“万岁山”名做“艮岳”。后有人吟诗一首云：

盘石曾闻受国封，承恩不与幸臣同。时危运作高城砲，犹解捐躯立战功。后四年，始成。御制记文，凡数千言。有金枝产于万岁峰，改名“寿岳”。

二、记述了“万岁山”上所建楼观台殿，穷极工巧，可与秦之阿房宫媲美。譬如其中的绛霄楼：“金碧间势极高峻在云表，尽工艺之巧，无以出此，运四方花竹奇石，积累二十余年，山林高深，千岩万壑，麋鹿成群，楼观台殿，不可胜数。”

三、敢于直接揭露批判宋徽宗的穷奢极欲，如同亡国之君陈后主，给百姓带来无穷的灾难：

朝欢暮乐，依稀似剑阁孟蜀王；论爱色贪杯，仿佛如金陵陈后主……盖宝箓诸宫，起寿山艮岳，异花奇兽，怪石珍禽，充满其间；画栋雕梁，高楼邃阁，不可胜计。役民夫百千万，自汴梁直至苏杭，尾尾相衔，人民劳苦，相枕而亡。加以岁岁灾蝗，年年饥谨，黄金一斤，易粟一斗；或削树皮而食者，或易子而飧者。

四、指出花石纲奇祸，导致方腊、宋江、李进义等率众起义：

1. 方腊起义："时方腊家有漆园，常为造作局多所科须，诸县民受其苦；两浙兼为花纲之扰。腊以妖术诱之，数日之间，哨聚睦州、青溪、帮源洞，响应者数万人，以诛朱勔为名，纵火大掠，驱其党四出。两浙都监蔡遵、颜坦击贼，败死。遂陷睦州。"

2. 宋江起义，犯京西、河北等州，"命童贯讨之，上私行送。上握贯手曰：'东南事尽付汝，有不得已者，竟以御笔书之。'赦天下，罢苏杭造作局……"

3. 李进义起义："先是朱勔运花石纲时分，差着杨志、李进义、林冲、王雄、花荣、柴进、张青、徐宁、李应、穆横、关胜、孙立十二人为指使，前往太湖等处，押人搬运花石。"后因杨志受风雪所阻，卖刀杀人犯罪，刺配卫州军城。"李进义同孙立商议，兄弟十一人往黄河岸上，等待杨志过来，将防送军人杀了，同往太行山落草为寇去也。"

遗憾的是，如此重大的社会事件，这样丰富而极有特色的素材，到了《水浒传》，却只剩下寥寥几笔的轻描淡写，敷衍了事。

《水浒传》涉及花石纲的只有三处：

一、十二回写杨志向王伦介绍自己的经历，说去太湖搬运花石纲，过黄河遭大风失陷了花石纲，不能回京，逃走他处避难。在这里，不再是揭露花石纲之祸害，而只是作为杨志流落江湖的原因。

二、四十四回写邓飞介绍孟康“因押送花石纲，要造大船，嗔怪这提调官催并责罚他，把本官一时杀了，弃家逃走”。和杨志有点不同，孟康是杀了催逼的提调官而逃走。

三、一百〇九回，记述“因朱勔在吴中征取花石纲，百姓大怨，人心思乱，方腊乘机造反”。也只有这么一句话。

《水浒传》记述花石纲，仅限于上述三点，就揭露批判花石纲之祸来说，《水浒传》远不如《大宋宣和遗事》。

创作小说，如何选材，如何构思，是作者特有的权利。但是，《水浒传》写的是徽宗宣和年间发生的官逼民反事件，却舍弃像花石纲奇祸这样富有特色的素材，总不免使人深感遗憾。

《水浒传》的作者，突出生辰纲而忽略花石纲，究竟是有意还是无意，由于史料不足，难以作出判断。但是生辰纲不能取代花石纲，是可以断言的。

生辰纲、花石纲虽然都是表现对百姓的掠夺，但性质毕竟有所不同。生辰纲的金银珠宝，是梁中书以贪污受贿的非法手段，搜刮民脂民膏换来的。花石纲则凭借皇帝至高无上的权势，以皇家建造万岁山征收花石之名，公开掠夺得来。因此，花石纲比生辰纲事件更能表现专制的腐朽。

生辰纲、花石纲虽然都是暴露统治者对百姓的压榨，但矛头毕竟有所不同。生辰纲只是揭露个别贪官的罪恶，花石纲则是控诉皇帝为满足一己之私欲，陷万民于水火之中。以生辰纲取代花石纲，有意无意掩盖了皇帝的滔天大罪，转移了被逼而反的主要目标。

生辰纲、花石纲虽然都是引发民众反抗的重要原因，但表现历史的深度大有区别。所谓官逼民反的“官”，具体所指，可以是县官、府官、省官、朝官，也可以是整个官府，以致整个朝廷。生辰纲显然只是指向梁中书一类的贪官，林冲、杨志、柴进等人被逼上山，也只是指向高太尉一类的奸臣。在揭露贪官、奸臣的同时，多方为徽宗皇帝开脱罪责。如果以花石纲事件为重点，那么，官逼民反的“官”，就必然把根源追溯到皇帝身上。正是徽宗皇帝统治下朝廷的黑暗腐败，才导致方腊、宋江，南方、北方纷纷起义。描写花石纲之祸，其社会政治意义，显然远远超过生辰纲。

对于《水浒传》中不写花石纲之祸，深感遗憾的原因就在这里。

杨志报国无门

《水浒传》描写的社会脱离了常轨。渔民不能靠打鱼为生，射中猛虎的猎人坐了牢，技艺高强的武师当不成教官，学问渊博的教师坐不稳板凳。总之，各色人等都不能依其本分生活下去。甚至连一些忠心耿耿、愿以毕生精力报效朝廷的忠臣义士也被逼得走投无路。几个不学无术的权奸把社会弄成这种样子，天下怎能不大乱呢？杨志在这样的历史背景下进入了社会，他的人生之路将是怎样的坎坷不平呢？

杨志的出身和为人，和一般江湖好汉有所不同：

一、他是“三代将门之后，五侯杨令公之孙”，是受人景仰爱戴的民族英雄杨家将的后裔；

二、他“曾应过武举”，学成了一身好武艺，可以负起报国的重任；

三、他怀有很大的抱负，强烈的功名心，指望把一身本事，边庭上一枪一刀，博个封妻荫子，也与祖宗争口气。

为保卫边庭出力，为抗击外侮之功，特别是杨家将世代为之奋斗而未能实现的爱国大志，这个伟大的历史使命将由他来实现，做个名副其实的爱国英雄的后代，成为他积极进取的强大动力。而且，当时北方边境屡受外族的骚扰掠夺，频频告急，朝廷正需卫国戍边之才。杨志对实现自己的人生理想充满了希望。但事与愿违，他刚踏入朝廷的门槛，就被派去太湖边搬运花石纲，这是当时朝廷头等重要的大事。

杨志是殿前制使官，不能不服从朝廷的差遣。虽然他向往在抗辽前线战斗，在保家卫国的战场上实现人生使命，但这是当权者不会考虑的愿望。当时的朝廷一面向外族称臣纳币，屈膝求和，一面对内加强搜刮和镇压。道君皇帝需盖“万岁山”，朝臣哪能不卖命。这样，一个个将才，一批批武士被派往江南搜罗运载太湖奇石。

杨志是出身北方的武官，从来没和江河湖海打过交道，押运花石纲，来到水浪奔腾的黄河，遭到大风打翻了船，失陷花石纲，是必然的事。试想，风大浪高，石头沉重，船只吃水深，即使是老船工，遇到这种情形，也难以对付，何况是不谙水性的杨志，稍一慌张，船一侧就翻了下去。应该说，这不是他的失职，而是朝廷用人不当所造成。但失落了皇帝急需的太湖奇石，等于犯了不可饶恕的大罪。他不敢回京，只得逃往外地避难。

可是，杨志仍不死心，费了老大劲弄来一担财物，准备回东京去枢密院使用。路过梁山，遇到林冲搜寻“投名状”，打了个平手。王伦劝他留下，以林冲不能见容于高太尉的事例劝告他，指出只要有高俅在，“虽然赦宥，难复前职”。但他仍抱着一线希望去了东京，“将出那担儿内金银财物”，到处疏通。结果，还是被高俅以失陷“花石纲”，“不来首告，倒又在逃”为由，“把文书一笔批倒，赶出殿帅府”。这时，他才开始认识到高俅的“忒毒害，恁地克剥”。李卓吾曾感叹地说：“杨志是国家有用的人，只为高俅不能用他，以致被宋公明用了。”（《水浒传会评本》）杨志经过这次挫折，通往报国之路再次被堵死。他走出殿帅府，只感天昏地暗，前景茫茫。他的人生之路将怎样走下去呢?

杨志踯躅在东京街头，举目无亲，盘缠使尽，万般无奈，只得拿祖上留下的宝刀上市叫卖。人到了倒霉时，样样不顺心。卖宝刀，不是遇见林冲那样的武官，却碰上京师有名的破落户泼皮，名叫没毛大虫牛二，杨志有意避开他，一再退让。但牛二总是死搅蛮缠，紧揪住杨志不放。杨志一时性起，杀了牛二，沦为囚犯。杨志卖刀，比隋末的秦琼更为悲哀。他不只是英雄落魄，更主要的是天宽地大却无路可走。

杨志因杀牛二，刺配大名府。他的精明强悍，赢得梁中书的赏识。教场比武，杨志以高超的武艺，被破格提拔为提辖。在绝望之余，报国之门似乎又向他打开了一道狭缝。他兴奋，他雀跃。可是，杨志未免高兴得太早。没过几天，梁中书遵照夫人之命，传唤杨志上厅，委派给他一桩特殊的使命——护送生辰纲去东京。

原来，梁中书赏识杨志，也不过是把他看成精明能干的奴才。一运花石纲，二解生辰纲，命运似乎故意捉弄他。他为这事烦恼过、犹豫过、痛苦过，可是“恩相差遣，不敢不依”。杨志只有从命，他不明白，国家栋梁之材落到昏君、权奸、贪官手里，不是被摧残，逼上梁山，就是被利用，充当家奴，不可能有更好的命运。

杨志明知路途艰险，但为了日后有个升迁的机会，他竭尽全力护送生辰纲。一路上，他不断地呵责军人，又骂又打，可是费尽了心机，仍逃脱不出吴用的妙计。在黄泥岗上，杨志眼睁睁地看着那七个人把金珠宝贝装了去。同行的谢都管和两个虞侯为了洗刷自己，逃脱罪责，竟谎报梁中书，诬陷杨志“和强人做一路，把蒙汗药将俺们麻翻了，缚了手脚，将金宝都掳去了”。急于巴结蔡太师的梁中书信以为真，立刻下令缉捕杨志，声言要将他“碎尸万段”。杨志再次成为逃犯而流落江湖。

杨志考了武举之后，希望伴随着他，倒霉鬼也形影不离地跟着他。一切人事都在和他作对，运石石沉，押金金失。他做过的报国梦、功名梦，都随岁月的消逝而飘散，如今落得有家难奔，有国难投。当年不肯留在梁山的杨志，现在只有跟着鲁智深上了二龙山。三山聚义打下青山后，同投梁山。走过许多弯路终于重上梁山的杨志不免发出感叹：“今日幸得义士壮观山寨，此是天下第一好事。”

牛二死于不讲道理

青面兽杨志当了殿前制司以后，好像有个倒霉鬼紧附他身上似的，他走到哪里跟到哪里。第十二回《杨志卖刀》更以苍凉的笔调写尽英雄末路的悲哀。

杨志因失陷花石纲丢了官。为谋复职，不知从哪里弄来一担金银财宝到东京“买上告下”，却处处碰钉子。结果，落了个“官”“财”两空，盘缠用尽，糊口也成了问题，他万般无奈，只好把心爱的祖传宝刀拿到街上去卖。在开封街头站了两个时辰，无人问津，却碰上了东京有名的泼皮牛二。

按照《水浒传》的构思，“杨志卖刀”不过想要表现英雄落难。在卖刀过程中，杨志忍受不了牛二的纠缠，一时性起，杀了牛二，被判流放大名府。这只是一场过场戏，牛二不过是个过场人物。作者如果求省事的话，简单作个交代也无不可。比如说，写牛二喝醉了酒，见到杨志的宝刀装饰华美、锋利无比。于是，动手抢夺，在你争我夺之中，被杨志误杀。作为故事要求，似乎也过得去。但大作家即使写次要人物，也不愿意这样马虎从事。他仍要尽力写出有独特个性的牛二，从中反衬出杨志命运的坎坷和内心的悲苦。

牛二的出场就非同一般。当杨志举着插了草标的宝刀转到天汉州桥热闹处去卖，站立未久，只见两边的人都跑入河下巷内去躲。杨志是外来人，不知底细，并没有跟着跑开。他正睁大眼睛看看究竟发生了什么事："只见都乱撺，口里说道：'快躲了！大虫来呀！'"大虫，是老虎的别称，杨志更觉得好些奇怪，在繁华市井之中，光天化日之下，怎么会有大虫出现呢？他还没有定住神，"只见远远地黑凛凛一大汉吃得半醉，一步步颠撞将来。"一个"撞"字，形象地表现了牛二走路跌跌撞撞、立脚不稳的醉态。杨志的刀没卖出去，却碰到牛二的麻烦。

牛二并非想买刀。他每日游手好闲，到处瞎逛，有事无事都想插一手。见杨志卖刀，便漫不经心地探问："汉子，你这刀要卖几钱？"杨志应声："要卖三千贯。"牛二以轻蔑的口吻喝道："甚么鸟刀，要卖许多钱！我三十文买一把，也切得肉，切得豆腐。你这鸟刀有甚好处，叫做宝刀。"倘若一般人，嫌刀太贵，走开便了事。但牛二是地痞，他的生活就是在市井里胡搅蛮缠，趁机寻利。不过，他不同于高衙内和殷天锡，不能仰仗背后权势造成的靠山。因此，他在胡搅蛮缠之中，有时也要装出讲理的模样。

急于卖刀的杨志，得到牛二的探问，虽然态度大不敬，但为了引起来往行人的兴趣，仍耐心地向牛二说明宝刀的三件好处：“第一件，砍铜剁铁，刀口不卷；第二件，吹毛得过；第三件，杀人刀上没血。”

牛二听杨志这么说，立刻要求验证。宝刀不是一般切菜刀，要求验证也合乎情理。但牛二的试法，却表现了地痞流氓特有的刁蛮。“砍铜剁铁，刀口不卷”，理当找块铜铁来试，牛二却“去州桥下香椒铺里讨了二十文当三钱，一垛儿将来放在州桥栏杆上”。铜钱面积小，且是圆形，二十文堆积在一起，当刀锋猛剁之时，下面的铜钱很可能震动落水。如果出现这种情形，牛二就可以当众宣称杨志卖宝刀是瞎吹牛。

验证“吹毛得过”的第二件好处，没有具体说多少毛，怎么吹法。依照常理似应将一根或几根毛往刀刃方向吹，以测试宝刀的锋利程度。可是牛二却往自己头上拔下“一把头发”，再次显示地痞流氓牛二特有的无赖行径。这么多松松散散的一把头发，风吹不均匀，有些头发很可能未接触刀锋而散落。此时牛二照样可以当众宣布杨志卖的是骗人的假宝刀。

再试“杀人刀上没血”的第三件好处。牛二大声吆喝：“我不信，你把刀来剁一个人我看。”杨志发觉自己说的话有空子可钻，立即作了修正：“禁城之中，如何敢杀人？你不信时，取一只狗来杀与你看。”如果不是存心胡闹，以杀狗代替杀人，同样可以验证宝刀杀活物是否刀上无血的效果。但牛二故意抬扛，说："你说杀人，不曾说杀狗。"离开社会环境和法律，牛二说的话，不能说没有道理。从形式逻辑看，杀狗的确不能等同于杀人。但从人情事理考虑问题，断不会像牛二那样横来。杨志知道牛二故意刁难，强压心中怒火，以哀求的声调说："你不买便罢，只管缠人做甚么？"牛二发现杨志卖的刀确是宝刀，已开始改变开初闹着玩的心理，萌生强夺宝刀的歹念，仍然死缠不放，终于发生了强行夺刀的闹剧：

牛二紧揪住杨志说道："我偏要买你这口刀。"杨志道："你要买，将钱来。"牛二道："我没钱。"杨志道："你没钱，揪住洒家怎地？"牛二道："我要你这口刀。"杨志道："我不与你。"牛二道："你好男子，剁我一刀。"杨志大怒，把牛二推了一交。牛二爬将起来，钻入杨志怀里。杨志叫道："街坊邻舍，都是证见：杨志无盘缠，自卖这口刀，这个泼皮强夺洒家的刀，又把俺打。"街坊人都怕这牛二，谁敢向前来劝。牛二喝道："你说我打你，便打杀直甚么？"口里说，一面挥起右手一拳打来，杨志霍地躲过，拿着刀抢入来，一时性起，望牛二嗓根上搠个着，扑地倒了。

俗语说：无理怕有理，有理怕不讲理。牛二从假装讲理到完全不讲理。以往，牛二不讲理而占了便宜。这一次遇着杨志，却为强词夺理而丢了性命。

梁山泊三任首领的悲剧

人世间的事情往往出乎人们意料。例如，北宋王朝曾经出现几次规模巨大的起义事件，事后不见有多少故事流传，而宋江领导造反，不过是一支仅有三十六人的小小队伍，但他们的故事在民间广泛传播，而且越传越富有神奇色彩。《水浒传》是描述宋江起义的小说，本可以直接利用这些生动的故事，记述他怎样发动起义，怎样声东击西、神出鬼没，怎样闹得各地官府乃至朝廷惶恐万分、寝食不安。这样充满传奇色彩的小说不是很有吸引力吗？可是，《水浒传》作者并没有完全沿着这条创作路子走，他有自己的创作意图，有自己的艺术构思，有自己需要探索的社会问题和要表达的审美理想。

那么，到了《水浒传》的梁山泊，为何变成三任首领呢？主要原因有四点：

一、《水浒传》创作的基础已经不是民间传说中北宋末年那支小小的队伍，而是几百年来广泛流传的梁山泊故事以及元明之间作者的现实感受。

二、《水浒传》所写的宋江，着重点已从反叛朝廷转移为效忠王朝。他领导起义也已从主动转为被动。由于推迟了宋江上山的时间，在宋江上山以前，非有别的首领担任梁山泊寨主不可。

三、为了强调和突出宋江的大忠大义，需要以不忠不义的王伦和草莽英雄的晁盖作多种对比。

四、通过三任首领的更迭，可以更鲜明地反映梁山聚义演变发展的三个阶段，从王伦到晁盖的转变和从晁盖到宋江的转变，充分表现作者完整的艺术构思。

既然三任首领代表了梁山聚义演变发展的三个阶段，为什么都要处理成悲剧呢？这个问题比较复杂，需要作更深入的探讨。这里先提供一些思考的线索。

先说王伦。《水浒传》描述绿林好汉在梁山聚义，为何要安排一个白衣秀士当大王？秀才落第以后，一般是走私塾教书的谋生道路，王伦敢于上山落草，离经叛道，表现了非同寻常的勇气和胆识。不过，既然当了草头王，为了谋求山寨的兴旺发达，理应搜罗各色人才，何以招林冲等英雄好汉于梁山门外？同时，尝过落第之苦的王伦，遭受世人的白眼，对待被逼上山的落难英雄，理应有点同病相怜之心，何以表现得那么冷漠无情？

王伦的悲剧含有什么意义？有人说，王伦有开创梁山之功，没犯什么可杀之罪。拒绝接纳英雄，虽有过错，林冲不该一刀将他捅死。他死得实在冤枉。这是一个不善于处理内部矛盾的悲剧。有的说，他开辟梁山这块根据地，功劳不小。可是他排斥聚义英雄，阻碍梁山发展，终于成为自己狭窄心胸的牺牲品。这是一个批判嫉贤傲士的悲剧。有的说，作者对假文墨特别憎恶，故写一个王伦与众英雄作个对照，以显示文人的不中用，而王伦的悲剧是古代落第秀才的悲剧。究竟王伦属于什么性质的悲剧呢？

晁盖是个草莽英雄。他参与劫取生辰纲，事发以后，放火烧了自己的庄院，率众上了梁山。林冲火并王伦，推举他为寨主。晁盖上任后，否定了王伦关起门来称大王的可笑做法，开创了梁山新局面，使天下英雄闻风而来。既然晁盖建此大功，为何不让他把大旗扛到底？

晁盖的悲剧含有什么意义呢？有人说，宋江上山心怀篡权之心，要手腕架空了晁盖。因此，晁盖的死，是梁山军内部争夺权位造成的悲剧。有的说，作者唯恐晁盖称王，故令他及早归天，以便宋江推行接受招安的路线。因此，晁盖不能不成为牺牲品。有的说，晁盖只是一个不读书史的草莽英雄，视野狭窄，胸无谋略，怎能领导梁山军走向胜利？他率军打仗，只凭莽夫之勇，怎能不导致失败？究竟晁盖又属于什么性质的悲剧呢？

宋江和前两任梁山寨王相比，其遭遇更为坎坷，但他和王伦、晁盖不同，一次又一次获得了成功。可是，成功背后却隐含着失败。梁山英雄排座次，聚义达到鼎盛期，宋江却在菊花会上吟诵“望天王降诏”的《满江红》词；接受招安实现了宋江多年的心愿，梁山军打着“顺天”“护国”两面旗帜向京师进军。可是，等着他们的并不是护国安民，而是自寻毁灭；南征方腊，归来，宋江以为人生目标即将实现，谁知一瓶御酒，把他送往九层地狱。

为效忠王朝而奋斗一生的宋江，最终仍然逃脱不了悲剧的命运。这究竟又说明了什么？

圣贤书害了王伦

在《水浒传》以前,《大宋宣和遗事》和元杂剧都没见王伦其人。《宋史·列传》一百三十记载的王伦和《东都事略》卷六十六记述“沂州卒叛入青州境”的王伦,都与《水浒传》描写的王伦毫不相干。为何要在绿林好汉群中写一个白衣秀士,并塑造成英雄好汉所痛恨的嫉贤傲士的典型,看王伦与林冲火并就可以明白。在这以前,王伦对待英雄的态度,若以常人的心理去猜度,往往摸不透他的心思。

林冲杀了陆谦以后,满怀激愤顶风冒雪奔上梁山。朱贵以为一定会受到梁山首领特别热烈的欢迎,道理很简单,梁山事业急需像林冲这样武艺高强的人。他完全没想到竟会遭受王伦的拒绝,更出人意料的是,拒绝的原因恰好由于林冲武艺太高强。这就令人十分费解,梁山当时正处在黑暗势力的包围之中,武艺高强的林冲请还请不来,怎能成为拒绝的理由呢?《水浒传》以王伦“寻思”的方式揭示他复杂的内心活动:

我却是个不及第的秀才。因乌气，合着杜迁来这里落草；续后宋万来，聚集这许多人马伴当。我又没十分本事，杜迁、宋万武艺也只平常。如今不争添了这个人，他是京师禁军教头，必然好武艺。倘若被他识破我们手段，他须占强，我们如何迎敌？不若只是一怪，推却事故，发付他下山去便了，免致后患。只是柴进面上却不好看，忘了日前之恩；如今也顾他不得。

作者和盘托出他的内心世界：王伦由于风云际会，趁机当上了山大王，明知自己没十分本事，却要死占住宝座不放。这样就产生了一种反常心理：照当时形势的发展，亟需招纳高手入伙，方能抵御官军的围剿。但招纳高手，必然识破自己的低能，危及自己的寨主地位。权衡之下，保住地位比事业发展更为重要。因此，必须设法打发走林冲。但林冲不是一般的落难英雄，而是恩人柴进推荐上山的。把他推出门外，“柴进面上却不好看”，不过，保位比报恩更要紧，为了坐稳寨主宝座，“如今也顾他不得”。

王伦的暗中盘算，自知见不得人，不敢向左右手杜迁、宋万说明，只好以粮少屋稀为由婉言推却。推不了，又用“投名状”（杀得一人，将头献纳）相刁难。

林冲为了“投名状”，下山等了三天，等来了个杨志。两人斗了三十来个回合，不分胜负。王伦在山顶上看得眼花缭乱，大叫“两位好汉不要斗了”。林冲、杨志都是武艺高强的人。一个林冲，王伦已感到地位受威胁；再来个杨志，山大王的宝座岂不岌岌乎危哉！人们以为王伦也会像对待林冲那样，把杨志拒于梁山大门之外。可是，又一次出乎意料，杨志并不愿意留在梁山，倒是王伦极力要挽留他。杨志的功名心尚未破灭，当然不肯留下当强人，王伦竟滔滔不绝地给他说了一篇去留优劣对比论：返回东京，“高俅那厮掌军权，他如何容你”；留在山寨，“大秤分金银，大碗吃酒肉”，同做好汉同显威风，表明返东京之不可取，梁山之可留。王伦的这番话，虽有说服力，却打动不了杨志的心。王伦对待杨志的态度，和对待林冲相比，转了一百八十度。他的这种转变，莫非是接受了杜迁、宋万的批评，醒悟到拒英雄好汉于门外的错误。人们没有摸透王伦的心理，因此不免常常猜错。他内心深处盘算的仍然是如何坐稳山大王的宝座：

若留林冲，实形容得我们不济，不如我做个人情，并留了杨志，与他做敌。

原来，劝留杨志是为了压住林冲，给林冲“树敌”。王伦为了考中科举，圣经贤传大概啃了小少。结果，科举没考中，帝王驾驭臣下之术倒暗记在心，如今当了山大王，恰好用得上。

王伦想打发林冲，林冲却留了下来。想挽留杨志，杨志却扬长而去。这时，又来了晁盖等七位英雄，山寨众头领见了大喜，却给王伦出了个新难题：不接纳的话，晁盖在江湖上名气大，将会造成于己不利的影响；要是接纳，七位英雄的位置怎么摆？一时想不出好计策，只好先装出热情接待的样子，杀猪宰羊，大摆宴席，给晁盖造成一种错觉，以为王伦已收留他们入伙。吴用的目光比晁盖敏锐，观察也更为深入。他发现王伦开头还比较讲交情，可是当晁盖说出“杀了许多官兵捕盗巡检，放了何涛，阮氏三雄如何豪杰，他便有些颜色变了”。从王伦的脸色变化，吴用看透了他的内心“好生不然”。除了害怕阮氏三雄像林冲那样难以控制外，更主要的是担心接纳了晁盖，引起官府向梁山发动进攻。这样一来，不仅山大王做不成，连命恐怕也保不住。王伦左思右想，不如多送点银两，破点财，将晁盖欢送下山。因此，只过了一夜，说话的调子就变了。话当然说得很堂皇，但掩盖不住卑劣的心灵，终于导致与林冲的火并。

为了当个山大王，使王伦一再干蠢事。可见，不仅“利”可令人“智昏”，“权”同样可以令人“智昏”。若问，王伦对山大王这点小“权”为何如此迷恋？这不能不归咎于古代的科举制度。读书本应使人耳聪目明、胸怀开阔才是，但在科举制度下，士子苦读圣贤书，并非为了增长才干，探求真理，而是为了从人下人变为人上人。于是在寒窗里一边苦读，一边不断做着这样的美梦：读书做官——

升官发财——做人上人——权、势、财宝，应有尽有。一旦科举考不中，一切都落了空。一个落第秀才能做什么呢？种不了田，打不了工，行不了商。如果是富豪世家子弟，还可以在家享清福，否则，为了糊口，只有一条出路：当孩儿王。王伦权势欲太强，不愿当私塾先生穷愁潦倒过一生。偶然的机会，使他得以爬上山寨大王的位置，手下有五百喽啰听他使唤。这山寨寨主，虽非正途，但在梁山这个小王国里，毕竟是他当大王，要权有权，要势有势，还可以任意挥霍打家劫舍得来的财富，可以随意向部属耍威风。落第秀才做不了官的失落心理，一下子全得到补偿。他怎能不拼命保住这个"王位"呢？怎能不害怕武艺高强的英雄夺走他的"王位"呢？但是他没有弄懂：天下者乃众人之天下，事业者乃众人之事业。岂能以一己之私欲而废众人的大事业呢？圣贤书没有教会他弄懂这个普通的道理。当他的妒忌心被林冲挖了出来，他还没弄明白自己究竟犯了什么过错。这不是圣贤书害了他吗？

假如晁盖不是早死

宋江把梁山好汉引向受招安的毁灭之路，令人感到惋惜。因此有人认为，“晁盖是梁山起义军的真正代表”，“执行了既反贪官也反皇帝的正确路线”。假如史文恭的箭射偏了点，晁盖没那么早死，那么，晁盖必将梁山军引向胜利的坦途。这是一种善良的愿望，但这种推断缺乏必要的论据。除非按照上述的设想，重写一部《新水浒》。

事实上晁、宋两人的思想并不存在根本的对立。晁盖带头劫取生辰纲，认为“此等不义之财，取之何碍”。但主要目的不是为了反抗官府，而是为了“图个一世快活”。官府追捕，他们奋起反抗。宋江闻知，大为震惊，认为“是灭九族的勾当”。晁盖面对官府的围剿，虽然没有退缩，但思想上同样认为是“犯了大罪”，他在逃上梁山后，在吴用面前感叹：“我们造下这等弥天大罪，那里去安身？”当王伦虚应了一句，晁盖以为王伦应允让他们在梁山“避难”，他马上表示“此恩不可忘报”。这些都表明他没有反抗官府的精神准备。

宋江以忠义为行动准则，声称“我为人一世，只主张忠义二字”。但晁盖就不要忠义吗？不是。四十七回因时迁偷鸡，败坏了梁山声誉，晁盖在聚义厅上要斩报信的杨雄和石秀，说：“俺梁山好汉……以忠义为主，全施仁德于民。”当然，晁盖的愚忠思想远没有宋江那样根深蒂固，明知皇上昏庸，仍然要求梁山好汉“共存忠义于心”，不肯背叛朝廷，并坚持接受招安。但也难以找到晁盖敢于背叛朝廷的思想表现。

宋江受招安的思想早已有之，但公开鼓吹则是在晁盖死了以后。因此，晁盖是赞成还是反对受招安，已无从查考。但有一条重要材料足以证明晁盖对接受招安的严重后果，缺乏清醒的认识。五十五回彭玘劝凌振在梁山入伙时，说了这样一番话：“晁宋二头领，替天行道，招纳豪杰，专等招安，与国家出力。既然我等到此，只得从命。”其时，晁盖、宋江和众头领都在场。晁盖对彭玘公然声称晁宋二头领“专等招安”的话，当时和事后都没有表示不同意见，更从未加以纠正。如果有人说彭玘的话，是晁盖事先布置的。晁盖倘若要否认，恐怕也有口难辩，至少他默认了彭玘的说法。这大概不能算给已死的晁盖罗织罪名吧！

这一切都说明晁宋两人的思想性格尽管有不少差异，但在一些关系梁山大军命运的根本问题上，并不存在根本的对立。所谓晁、宋代表两条不同的路线，晁盖代表正确路线云云，只是想当然的主观假设，作品的实际描写并非如此。至于攻打曾头市谁带兵下山之类的不同意见，并不能构成路线之争。

另外，晁盖并没有将梁山军引向夺取政权的思想。晁盖外号“托塔天王”，在梁山大聚义的一篇赞词里，又有“在晁盖恐托胆称王，归天及早”之说。这两点，常被人引用来说明晁盖敢于向皇帝挑战，自称为王。其实，这也是误会。

在《宋江三十六人赞》和《大宋宣和遗事》里，晁盖原来的绰号叫“铁天王”。但没有具体加以说明，其用意已不可考。到了《水浒传》，晁盖的外号改为“托塔天王”，它的来由有一段小故事作了交代：

郓城县管下东门外有两个村坊，一个东溪村，一个西溪村，只隔着一条大溪。当初这西溪村常常有鬼，白日迷人下水，在溪里，无可奈何。忽一日，有个僧人经过，村中人备细说知此事，僧人指个去处，教用青石凿个石塔，放于所在，镇在溪边。其时西溪村的鬼，都赶过东溪村来。那时晁盖得知了，大怒，从这里走将过去，把青石宝塔独自夺了过来东溪村放下，因此人皆称他做托塔天王。

因强搬镇鬼宝塔而得“托塔天王”的美名，只能表明他的迷信思想和霸道作风，和敢于向朝廷挑战自称为王，为风马牛不相及。

至于赞词所说的“在晁盖恐托胆称王，归天及早”。就字面的意思，似乎只能解释为：晁盖不敢托胆称王，而不能由解释者妄将“恐”

字调至“晁盖”前面，然后解成（作者）恐怕晁盖托胆称王，故让他及早归天。有些人随意解为是宋江恐怕晁盖托胆称王，果真如此，下半句该如何解呢？也得解成是宋江特意让他及早归天。这样一来，宋江岂不成了史文恭！何况，晁盖如果有称王思想，从他十四回出场到六十回中箭，也该有所表现，不能只靠一句话做文字游戏。

其实，晁盖也并非理想的梁山军首领。晁盖只是个富有正义感的江湖好汉。劫取生辰纲之后，官府追捕，把他逼上聚义造反的道路。林冲火并王伦，推举他为山寨之主，理由是晁兄“仗义疏财，智勇足备……我今日以义气为重，立他为山寨之主”。吴用、三阮表示拥护，就这样把他推上了首领的地位。

晁盖当了首领，应该说为梁山事业作出了很大的贡献。作者热情洋溢地赞颂：“一从火并归新主，会见梁山事业新。”不过，一个江湖好汉当了梁山大军的首领，是否能挑起这副重担呢？还有待于实际的考验。

事实证明，当了梁山首领的晁盖，并没有超越江湖好汉的局限。也就是说，他未能很好适应首领的工作，处处显得被动，很难负起时代赋予他的历史使命。

反观梁山的形势越来越复杂、越来越激烈，首领地位的要求与晁盖思想能力之间的矛盾也越来越尖锐。他作为江湖好汉的一些优势，坐上首领位置之后，在新条件之下，逐渐转化为劣势。更为麻烦的是，晁盖自己却没有意识到这种矛盾，当然也就没有采取任何措施，改变这种被动局面。悲剧就这样一步步向他逼近。

那么，作为梁山首领的晁盖，他的弱点又在哪里呢?

一、为人仗义疏财，看重个人恩怨。作为江湖好汉，这是受人称颂的好品德，但作为梁山军首领，必须以事业为重，不计个人恩怨。

可是，晁盖毕竟是个“富户”。他为人处事，常从个人恩怨出发。被逼上梁山，面对严峻的形势，他不是首先考虑准备迎抗官军，而是急切要报宋江送信的救命之恩，说“这是第一要紧的事情”。这种本末倒置的庸人之见，当即受到吴用的批评，并催促他赶紧做好反围剿的军事准备工作。后来，宋江上了梁山，他三番四次执意要让位。可是，当他中了毒箭，生命危在旦夕，急需安排首领代替自己时，他反而不提由副首领宋江接任。留下的临终遗言：“若那个捉得射死我的，便教他做梁山泊主。”这个遗言，明显有三点不妥：第一，史文恭未被捉拿之前，梁山军成了群龙无首；第二，在战场上捉得史文恭的人，其条件未必合适当首领；第三，梁山事业本是大家的共同的事业，一句遗言变成了晁盖私人的家业，成为他私人复仇的工具；共同的事业，谁当首领应由大家公推，一句遗言表现晁盖已变成了传统的专制家长，有权指定由谁继承他的职位，而接任的首领也将像晁盖一样变成主宰一切的专制家长。显然，晁盖已把个人的恩怨摆在整个梁山事业之上。假如晁盖不死的话，他有资格继续担任梁山军的首领吗?

二、晁盖是个“不读书史的人”，受传统观念束缚比较少。因此，敢作敢为，无法无天。劫取生辰纲，反抗官兵追捕，烧掉庄园，直奔梁山，义无反顾，赢得了江湖好汉的敬佩。但作为梁山军的首领，必须具有高瞻远瞩的雄才大略，缺乏必要的历史经验是不行的。

晁盖虽然长期担任梁山军首领的职位，但就素质而言，仍属于草莽英雄。他习惯于攻城夺府，冲冲打打，东放一枪，西放一炮，然后在梁山上图个快活。至于梁山军应如何发展，他却心中无数，也从来不找众头领商议梁山事业的大计方略。他发动的几次重大军事行动，也暴露出他缺乏战略头脑、鼠目寸光的毛病。例如，当他得知宋江因下山接老父而遭到官兵追捕时，便立刻组织梁山大部兵力下山全力营救，四十多位头领只留下九名护守山寨。这事发生在大闹江州之后，梁山已成为官府的心腹之患，随时都有遭到官兵围剿的危险。倘若官府不是那么腐败无能，正当梁山兵力空虚之时，派出一旅之师进占梁山，晁盖即使救了宋江，将回师何地?处于梁山军首领地位，不等于就具备了大军的指挥作战才能。让晁盖这样乱碰乱撞的人当首领，不断吃败仗不是必然的吗?

三、晁盖为人“甚是粗卤”，英勇，果断，敢拼敢打。作为江湖好汉被视为英雄豪杰，但作为首领除了勇敢，更需要运筹帷幄，多谋善断。只凭勇敢，一味蛮干，就会贻误大事。

晁盖初担任首领时，还比较尊重军师吴用的意见，言听计从。与众头领相处，也能平等待人。一连串的胜利，大大冲昏了他的头脑，以为取胜都是他指挥的功劳。随着骄傲之气的膨胀，他经常发怒，动辄训人。当杨雄、石秀投奔梁山，说起时迁以梁山好汉的名目偷鸡，被祝家庄扣押。这是小事一桩。晁盖听了却大发雷霆，喝叫："孩儿们将这两个与我斩讫报来。"并下令"洗劫了那个村坊，不要折了锐气"。这种山大王的作风正是江湖好汉常有的习气，当即受到吴用和戴宗的批评，但他并没有吸取教训。后来金毛犬段景柱盗得"照夜玉狮马"，拟献给梁山，路过曾头市被抢，"曾家五虎"还扬言要扫荡梁山泊，"剿除晁盖上东京"。晁盖听了，怒不可遏，立刻要亲自带兵下山作战。宋江、吴用极力劝阻，他半句也听不进。硬拼的结果，晁盖自己付出了中箭身亡的代价。作为战士，一味蛮干，尚且要撞得头破血流，何况指挥三军的首领，怎能以拼力气代替智谋呢?

晁盖的悲剧是性格的悲剧，不是命运的悲剧。即使史文恭的箭没射中，晁盖也不可能避免覆灭的命运。他的思想性格不能适应时代的需要，终将被时代所抛弃。

晁盖和宋江一样，他们在开创梁山事业作出了重大的贡献，但梁山事业最后必将被他们毁掉。这是晁盖的悲剧，宋江的悲剧，也是梁山军的悲剧。

宋公明不是历史上的宋江

历史人物里没有孙悟空和猪八戒，谁都知道他俩是《西游记》幻想世界里的幻想形象，绝不会发生误解。唐僧有所不同，他常被人们误解为就是唐贞观年间那位高僧玄奘。其实，历史上的玄奘是个意志极为坚强的人物，他独自前往天竺（今印度）取经，历时十七年，为中印文化交流和佛教事业的发展作出了重大的贡献，决不像《西游记》里的唐僧那么窝囊。

《三国演义》里的曹操、孔明、刘、关、张等人物，和三国时期的历史人物同姓同名，从事的历史活动也大体相似。因此，人们常把这些小说形象误解为历史人物。清人章学诚从史书必须真实的角度责备《三国演义》“背驰信史，虚构故事”，“惟三国七分事实，三分虚构，以致观者往往为之惑乱”。(《丙辰札记》) 他不理解，小说创作需要虚构。从小说塑造形象而言，这“三分虚构”说不定比“七分事实”更为重要，它可能正是表现人物灵魂之所在。抽掉这“三分虚构”,《三国演义》就失去了灵魂，不能成为小说。

《水浒传》的宋江，也同样常被误解为北宋末年的宋江。这种误解程度比起曹操、孔明诸公还要严重得多。因为《三国演义》描述曹操、孔明诸公毕竟还有“七分事实”，还可以称他们为历史小说形象。《水浒传》里的宋江，恐怕连“三分事实”也谈不上，只能算是英雄传奇小说的人物形象了。

宋江，确实史有其人，但史书有关宋江的记载都极为简略。南宋初年，宋江故事已在民间广为流传，经过“街谈巷语”“瓦肆演唱”“文人画赞”“杂剧创作”等过程，在《水浒传》小说故事的创作中，大概又经过“蓝本”“简本”“繁本”的多次加工，宋江这个人物也随故事的演变而不断变化，最后出现在《水浒传》里的宋江形象，已和历史上的宋江相去甚远。

这里不妨将《水浒传》的宋江与史载的宋江略作比较，从中可以看出两人的生平事迹、性格特征、精神风貌，都大不相同。

先看生平事迹：

一、历史人物宋江没有上过梁山，更没有在梁山泊建立起义根据地。他在北宋宣和年间领导起义，活动地域相当广。史书分别记载他“起河溯转略十郡”。(《张叔夜传》)“横行齐魏”。(《侯蒙传》)“淮南盗宋江等犯淮阳军，遣将讨捕，又犯京东、江北，入楚海州界。”(《徽宗本纪》)“京东贼宋江等出入青、齐、单、濮间。”(方勺《泊宅编》）故称之为“淮南盗”“山东盗”“京东盗”，又有称为“河北剧贼”者，（汪应辰《文定集》）唯独没有称之为“梁山盗”。龙圣与作《宋江三十六人赞》，三十六人，每人一赞。从赞语中可知，他们上的是太行山，而不是梁山泊。作为宋江起义根据地的梁山泊是宋江故事发展到元曲阶段的新创造。

二、历史人物宋江没有征方腊，更没有征田虎、王庆。所谓宋江归降后征方腊，只是根据侯蒙的上书，书中有这样的话：“宋江以三十六人横行齐魏，官军数万，无敢抗者，其才必过人。今青溪盗起，不若赦江，使讨方腊以自赎。”徽宗皇帝看了这份上书，异常高兴，说：“蒙居外不忘君，忠臣也。”遂命侯蒙“知东平府”，可是“未至而卒”。（《侯蒙传》）说得很清楚，侯蒙尚未到任，已经死去。“不若赦江，使讨方腊以自赎”云云，只是建言，并没有实现。至于平田虎、王庆，更完全是小说的创作。百回本《水浒传》也没有这二十回书，是后人补插进去的。

三、历史人物宋江，平生并无征辽其事。《水浒传》的征辽故事也是后人补插进去的新创作。郑振铎先生指出，征辽和平田虎、王庆，都不是《水浒传》原本的完整结构中所有，理由是：“这三次战役中，宋江部下将领也死了不少，但没有一个是参加梁山结义的，而都是结义后新加入的人。很显然，这是因为参加起义的一百〇八个弟兄的悲惨结局，早被施耐庵安排在‘征方腊’那一次战役里面，后来凭空插进三个战役，既不便于打乱原本的安排，又不好把这样大的三次战役写成宋江部下一个将领都不曾损伤，自然只能把那些新参加的人拉来作代替了。”（《〈水浒全传〉序》）

四、《水浒传》里的宋江反抗官军的行动表现和历史人物宋江有所不同。北宋末年的宋江领导的小队伍，攻击力极强，而且忽东忽西、神出鬼没、雄姿英发、所向披靡。因此，“转掠十郡，官军莫敢撄其锋”。《水浒传》里的宋江，虽然也写他带领梁山军攻城掠府，二赢童贯，三败高俅，似乎立下了赫赫战功。但看其具体表现，无不令人失望。每次和官军战斗，梁山军冲锋陷阵，宋江却只是等待收服降将，而且几乎无例外地要作一番悔罪的表白，说什么“某等众人，无处容身，暂占水泊，权时避难，造恶甚多。今者朝廷差遣将军前来收捕，本合延颈就缚。但恐不能存命，因此负罪交锋，误犯虎威，敢乞恕罪”云云。在二赢童贯时，童贯中了梁山军的十面埋伏，宋江见即将抓住童贯便鸣金收兵，放走了童贯。在三败高俅中，张顺活捉了高俅，宋江却在梁山上大摆宴席招待他，亲自到金沙滩二十里外为之饯别。所有这些表现都为了日后接受招安这个目的。

五、结局也不一样。历史上的宋江最后结局如何，正史野史记载不一。据郑公盾《水浒传论文集》主要有四种写法：

1. 朝廷命张叔夜前往招降，宋江是否投降，不明。《徽宗本纪》

记载："知州张叔夜设方略讨捕招降之。"

2. 写明宋江投降，但投降后如何，则不清楚。见《十朝纲要》卷十八记载："宣和三年二月庚辰，宋江犯淮阳军，又犯京东河北路，入楚州界。知州张叔夜招抚之。江出降。"

3. 宋江被折可存捕获。《宋故武功大夫河东第二将折公墓志铭》："宣和初年，王师伐夏，公有斩获绩，……（方）腊贼就擒，迁武节大夫。班师过国门，奉御笔：'捕草寇宋江'。不逾月，继获，迁武功大夫。"

4. 宋江被蔡居厚杀害。《夷坚志》（六）记载有当时户部侍郎蔡居厚因杀害宋江等，从而受到"冥谴"致死。原文写道："宣和七年，户部侍郎蔡居厚罢，知青州，以病不赴，归金陵，疽发于背卒。未几，其所亲王生亡而后醒，见蔡受冥谴，嘱生归告其妻云：今只是理会郓州事。夫人恸哭曰：侍郎去年帅郓时，在梁山泊贼五百人受降，既而诛杀之。吾屡谏，不听也……"

到了元朝《大宋宣和遗事》改写为宋江被张叔夜招降之后，"遣宋江收方腊有功，封节度使"。这只能视为传说，不足为凭。

所有史料，没有任何一条像《水浒传》所写那样，宋江最后被高俅在御酒里下毒药将他毒死。

上述种种差别，已足以说明《水浒传》塑造的宋江形象，虚构的多，写实的少。

更为重要的是宋江形象和历史上的宋江在性格特征，精神气质方面有明显的不同。

北宋末年的宋江，率领的军队，人数并不多，比起李顺、王小波、方腊以及稍后的杨么等人领导的军队，在规模和声势上，都难以相比。可是这支小队伍，机动灵活，战斗力特强，以少胜多，官军畏之如虎，宋江很快成为广大群众赞颂的传奇英雄。元代的民间故事，说“宋之为人，勇悍狂侠……其党如宋者三十六人。俗所谓‘来时三十六人，归时十八双’意者其自誓之辞也”。（陈泰《所安遗集补遗·江南曲序》）这里所说的宋江性格和史载宋江事迹比较吻合。

到《大宋宣和遗事》，仍然保留了宋江剽悍不羁的个性特征。他给晁盖报信，镇定自若，并不像《水浒传》写的那样紧张；他接受刘唐送给的金钗，没有推辞，并不像《水浒传》写的那样恐惧；他发现阎婆惜与吴伟（《水浒传》改为张文远）暗中勾搭，一时气愤，“将起一柄刀，把阎婆惜、吴伟两个杀了”，并不像《水浒传》写得那样委曲求全，而是杀人之后，在壁上题了四句诗：

杀了阎婆惜，寰中显姓名。要捉凶身者，梁山泊上寻。

然后径奔梁山，当了首领；更不像《水浒传》写的那样只为忠孝，宁死也不肯上梁山落草。

历史上的宋江，那种勇悍狂侠的个性，更像一个刚烈无畏的草莽英雄，更能投合梁山英雄好汉的志趣。可是被《水浒传》作者改造成为仁义长厚的宋公明。到了《水浒传》，历史上的宋江，已名存而神亡。宋江狂的特点，只在浔阳楼醉后题反诗还依稀可见。仗义疏财也多少保存了一些宋江侠义的身影。但《水浒传》作者为了突出宋公明的忠孝仁义思想和作为首领的长者风度，勇猛剽悍的个性特征和无所畏惧的精神气质已消逝得无影无踪。这不能不使人感到遗憾。清代青莲室主人撰写《后水浒传》，书中的杨么是宋江的转世，他否定了《水浒传》宋江的软弱无能，企图重新把宋江形象塑造成刚强无畏的英雄形象，不过仍然不能很好体现历史上宋江勇悍狂侠的精神风貌。

宋江应否坐第一把交椅?

梁山军经过一番轰轰烈烈的斗争，最后终于失败了。人们同情梁山英雄的命运，不免要探索它失败的原因及其教训。有的人把过错完全归之于首领宋江，认为让宋江担任梁山军首领极不合适，甚至指责宋江上山以后搞阴谋诡计，架空晁盖，篡夺领导权。这种看法正确与否，需要具体分析。先不谈宋江当首领是否合适的问题，说宋江有意架空晁盖，篡夺领导权，显然不符合《水浒传》的实际描写：

一、宋江刚上梁山时，晁盖、吴用等在聚义厅举行隆重的欢迎酒宴，“晁盖便请宋江为山寨之主，坐第一把交椅。宋江那里肯，便道：‘哥哥差矣！感蒙众位不避刀斧，救拔宋江性命，哥哥原是山寨之主，如何却让不才？若要坚执如此相让，宋江情愿就死’。晁盖道：‘贤弟如何这般说！当初若不是贤弟担那血海般关系，救得我等七人性命上山，如何有今日之众？你正是山寨之恩主。你不坐，谁坐？’

宋江道：‘仁兄，论年齿，兄长也大十岁，宋江若坐了，岂不自羞。’再三推晁盖坐了第一位，宋江坐了第二位。”倘若宋江有篡权的野心，这时已可顺水推舟坐上第一把交椅。

二、晁盖攻打曾头市，意外地中了史文恭的毒箭。临终嘱咐等待捉得史文恭的人来当梁山泊主，但军师吴用和马军首领林冲认为山寨不可一日无主，特请宋江接任梁山寨主。宋江见晁盖死去，哭得发昏，如丧考妣，一再推却，要求遵照晁天王遗嘱行事。后来吴用提出个变通办法，请求宋江“权且尊临此位，坐一坐，待日后别有计较”。这样做，既不违背晁公遗言，又解决了寨主问题，当即得到大家拥护。宋江才勉强答应：“军师言之极当。今日小可权当此位，待日后报仇雪恨已了，拿住史文恭的，不拘何人，须当此位。”宋江对梁山寨主的权位，只见他推，不见他争，等来日抓住史文恭，就知道他的推辞是真心还是假意。

三、卢俊义上梁山，宋江、吴用等在忠义堂举行欢迎会。宋江推举卢员外接任山寨之主。李逵、武松对宋江的让位当即表示极其不满。吴用出来打圆场，认为卢员外初到，暂以宾客相待，“等日后有功，却再让位”。宋江这种表现，决不像是个篡权的野心家。

四、梁山军攻打曾头市，卢俊义活捉史文恭。宋江传令享祭晁天王灵位之后，要求遵照晁盖临终遗言，让位卢员外。看来，宋江并没有自食其言。可是，众人不伏。宋江不得已，又提出与卢员外分别前往东平府、东昌府借粮。谁先破城，谁做梁山泊主。大家无话可说。宋江要篡权的话，权已在手，何必自找麻烦。

五、宋江攻打东平府，巧设埋伏计，擒东平府双枪将董平。宋江见董平，请董平做山寨之主，董平当然不肯，表示愿意投降，诈开城门，梁山泊军马攻陷东平府。宋江让位卢俊义之说，只好作罢。

六、宋江还多次提出让位于呼延灼、关胜等人。给读者的印象是宋江不该随意让位。

宋江一再让位的做法对不对，内心是真让还是假让，姑且不论。但这么多次让位，至少说明：宋江架空晁盖，篡夺领导权是不确的。评论小说可以见仁见智，但应尊重事实，实事求是。

现在再来谈另一个问题，晁盖死了以后，在当时梁山的具体条件下，谁当首领比较合适呢？比来比去，恐怕还是宋江比较合适。因为他具备当首领的一些基本条件：

重义气，威望高，群众基础好，是第一条。宋江平素仗义疏财，扶危济困，诚心接纳江湖豪杰，外号“及时雨”，赢得了“呼群保义”的好名声。特别重要的是他能够平等待人。对待不同身份地位的人，他都以兄弟相称，真诚相待。正因为如此，三教九流他无不结识交往，社会各色人物也无不把他视为知心朋友。即使做了寨主，也没有摆出居高临下的首领架子。当他患难之时，梁山兄弟和江湖朋友都愿舍命相救，梁山部将陷入官府罗网之时，他也亲自带兵前往解救。因此得到梁山军上上下下的拥戴。这是梁山其他首领难以与他相比的。

知人善任，充分发挥部属之所长。这是宋江合当首领的第二条。只要看他选派石秀探庄，时迁盗甲，汤隆造枪，张顺凿船，就可以了解宋江用人的原则：用其所长而避其所短，尽量发挥部属的才能。特别是对待军师吴用，能做到尊重、信任、放手，言听计从。在绿林好汉丛中，多数是刚烈的莽汉，能像宋江那样尊重士人，尊重人才，实在难能可贵。善于用人，是担任首领很重要的一条。过去有人这样评宋江："宋江无特别之才，而脑中能容此一百七人，以一百七人之才为其才，即特别之才。"（佚名：《读〈水浒传〉书后》）

胸怀开阔，豁达大度。这是宋江合当首领的第三条。与王伦、晁盖相比，宋江的胸怀气度，显得特别突出。王伦智识卑陋，嫉贤妒能；晁盖性格鲁莽，易发脾气。宋江气度恢宏，宽容大度，巧妙地把梁山三教九流各色人等组合在一起。一百〇八将中并非完人，各有各的缺点、弱点甚至犯有严重错误，如周通、王英的好色，李忠的小气，李逵的鲁莽，秦明的暴躁……他都以宽宏大量给予调理。譬如，李逵错怪宋江强抢民女，砍倒杏黄旗后又要砍杀宋江，倘若碰到同样鲁莽的首领，后果不堪设想。宋江却耐心地引导李逵去辨明真假，在弄清真相之后，又原谅了曾以脑袋打赌的李逵，允许他将功补过，表现了首领应有的风度。

具有非凡的组织才能，是宋江合当首领的第四条。江州劫法场以后，宋江带领二十七位头领上山，新旧将领如何排座位是个棘手问题，安排稍有不当，就会出现隔阂、裂痕，甚至导致火并。宋江刚上山，排座位时，自己推辞不坐第一把交椅，对其他首领的安排力主“休分功劳高下，梁山泊一行旧头领去左边主位上坐，新到头领去右边客位上坐，待日后出力多寡，那时另行定夺”。众人齐道：“哥哥言之极当。”轻而易举地解决了这个难题。后来，他当了首领，将梁山军分为马军、步军、水军，分别委任各军首领，此外监造军器、物资供应、刺探情报、赏功罚罪，也都有专人负责，这些都显示了宋江的组织能力非同寻常，是当首领的合适人选。

上述四条，再加上宋江颇具谋略，比较注重策略和方法等长处，使梁山军在他率领下不断发展壮大。应该说，宋江的这些优点和长处，是梁山泊其他头领包括晁盖、吴用、林冲等，都不完全具备的。黑旋风李逵的反抗性格特别强，但鲁莽、急躁、蛮干、不讲策略，如果让他当首领，恐怕只会搞得一团糟。因此，在当时的条件下，只有让宋江当首领，别无其他选择。

不过，作为梁山军的首领，他应率领部队反抗官府，进而推翻黑暗的王朝。但由于宋江的忠君思想根深蒂固，使他无法真正理解梁山英雄好汉的要求，也就无法带领梁山军去实现它的主要目标。

从这个角度看，宋江缺乏作为梁山军首领的最根本最重要的条件。一个舵手，连方向都把握不住，即使其他优点很多，也不能算是称职的舵手。宋江就是这样的舵手，他认为接受招安、护国安民才是梁山军的最好出路，实际上是背叛了梁山军的根本宗旨。最后，他终于把梁山军引向投降的失败之路。

宋江的困惑

在梁山泊人物中，宋江是个最复杂的形象，他的思想充满着矛盾冲突。说得简单些，他的心中似乎存在两个不同的宋江：一个是效忠王朝的宋江，另一个则是不满现实的宋江。这种矛盾突出表现在：身在衙门，却同情草野；加入绿林，却心怀朝廷。宋江的一生，始终是在激烈的内心冲突中度过的。

开始时，宋江在郓城县衙当押司，为官府充当执法吏。他为了结交江湖好汉，却通风报信放走了劫取生辰纲的晁盖。没想到晁盖一伙却大杀官军，上了梁山。这个举动使宋江大吃一惊，认为是“灭九族的勾当”“于法度上却饶不得”。宋江因此事感到左右为难，陷入内心冲突的苦恼之中。

晁盖上梁山以后，立即派刘唐送来信件和金条，以答谢宋江救命之恩。宋江只收感谢信而退回金条。回家不小心将装有梁山来信的招文袋遗落在阎婆惜手里。婆惜以此要挟宋江，宋江唯恐得了结交梁山“贼”的罪名，急忙之中杀了婆惜。他的内心冲突进一步加剧。

杀惜以后，是逃跑还是到官府自首？宋江选择了逃跑。但他不愿逃奔梁山，宁可舍近就远，躲到河北柴进的庄园。从这种选择可知宋江对现实极为不满，不过，并没有达到叛逆的地步。

当宋江躲到清风寨，受刘高婆娘陷害，差点没命，他对现实的不满又进一步加深。后来他被救上梁山，却坚持不愿落草，宁肯流放江州，醉后“吟反诗”。有人将宋江写的诗理解为抒发造反的情怀，恐怕未必切合宋江当时的心情。吟反诗之说，是江州通判黄文炳的诬陷。宋江自己，不过是乘着酒兴抒发内心的悲愤而已。否则，很难理解不愿留在梁山的宋江，到了江州却准备谋反。

梁山好汉到江州劫法场，从刽子手刀下救了宋江。宋江上山之后，内心冲突并没有解决。一面是领导吊民伐罪之师，攻城夺府，扫除残害百姓的黑暗势力，立下赫赫战功；一面却怀着犯了罪孽的心情，渴望有朝一日得到朝廷的宽恕赦免。因此，一再出现一些莫名其妙的现象：梁山军一次次打败官军的进攻，而作为梁山首领的宋江却向被俘的朝廷将领请罪，甚至向他们跪拜。宋江的乞怜丑态引起许多梁山好汉的不满，后来有的一抓到官军就杀掉，不再作为俘虏押回梁山。

通过以上简略的述评，人们可以发现，宋江上山以前的内心冲突，不断加深对现实的不满，直至上山直接反抗官府；上山以后的内心冲突却逐渐往效忠王朝方向倾斜，直至最后引导梁山军接受招安。这就是宋江的内心冲突发展过程，也就是他走的特殊的曲线效忠的人生道路。

在梁山军与朝廷的矛盾冲突中，宋江扮演了关键的角色。宋江以梁山寨主的身份，掌握了梁山军的大权，以软硬兼施的手段，消除了梁山军内部反招安的阻力，最后把梁山军引向投降。受招安以后，宋江认为梁山军已变为朝廷的忠义军，效忠王朝、护国安民的愿望可以实现。但现实并没按宋江的主观愿望发展，朝廷、特别是掌握实权的高俅，并没有忘掉梁山军反叛官府以至朝廷的“弥天大罪”，仍然处心积虑非要消灭梁山军不可。最后特派梁山军南征方腊，让他们互相残杀，达到彻底消灭朝廷心腹大患的目的。

可见，造成这桩大悲剧的原因，一半在朝廷，一半在宋江。

《水浒传》描写宋江的悲剧，是大忠大义者的悲剧，立志效忠于朝廷而终于被朝廷所杀的愚忠者的悲剧。

宋江的悲剧表明只凭一颗愚忠的心不能战胜祸国殃民的奸佞谗臣，当然也无法达到救国救民的目的。

宋江的悲剧宣告了以忠义救国的破产。

面对宋江的悲剧，作者感到大惑不解：为什么代表正义的忠直之臣不能战胜代表邪恶势力的奸佞谗臣呢？这种困惑具有丰富的历史内涵。在中国古代社会里，历史不断演出类似宋江的悲剧；忠臣不能战胜奸贼，结果反为奸贼所害。杨家将的悲剧，岳飞的悲剧，和宋江的悲剧都有某些共同之处。

为什么忠奸斗争多半以忠臣失败告终呢？《水浒传》里的宋江没有解开这个谜，《水浒传》的作者也没有解开这个谜。《水浒传》以“煞曜罡星今已矣，谗臣贼子尚依然！早知鸩毒埋黄壤，学取鸱夷范蠡船”的无限感叹告终。

这个历史的谜能否解开呢？

大凡忠道之臣都太死心眼，在和奸贼斗争中思想认识上往往很盲目。概而言之，有三点没有认识清楚：

一、他们常以直臣之心度昏君之腹，不明了有奸佞必有昏君，有昏君必有奸佞的道理。宋江总是认为皇上至圣至明，只是受了奸贼蒙蔽而已。他不明白，既然至圣至明，为什么还会受蒙蔽呢？其实，倘若道君皇帝不是昏君，就不会重用高俅那样的地痞流氓。高俅等奸贼需要道君那样的昏君，昏庸无道的徽宗也需要高俅那样的奸佞。如果道君皇帝任用魏征那样的忠臣，向他不断进谏逆耳忠言，他还能钻入地道去找李师师寻欢作乐吗？宋江等人既然不明了昏君奸佞共生的道理，也没有采取反对昏君奸贼的实际行动，只凭一颗愚忠之心，怎能扳倒奸贼呢？

二、他们常常以君子之心度奸臣之腹，不明了奸佞谗臣是要弄阴谋诡计的行家。有学者探索秦桧害死岳飞的奥秘，发现岳飞一心想的只是直捣黄龙，迎二帝还京，在抗金战场上拼死厮杀十二载，而秦桧不研究这个，他研究的是宋高宗赵构心里想的到底是什么东西？赵构心里有个天平。一头放着万里江山，一头放着自己的皇位。“直捣黄龙”则江河统一，万里锦绣山河归故主，当然是一大欢喜，不过遗憾的是故主却并非自己这个小小的康王，而是放在金国羊圈里被掳的二位先皇帝。这位代理皇帝也碰上熊掌与鱼不可得兼的难题。于是这天平不免要晃来荡去。如果这半壁江山也坐不稳了，那么当然需要岳飞；如果金军全线崩溃，则不免心慌气短，生怕那姓岳的真的直捣了黄龙，把个老皇帝请回到汴京去。于是左右为难，终于让个人私欲战胜了国家大义。岳飞完全不懂赵构的心思，一心要“收拾旧山河，朝天阙”。秦桧却揣摸透了赵构的内心世界，他在赵构萌发杀机时，自己就找了一个“莫须有”的法宝，代替皇帝了却了一桩心头大患。（参考史仲文、徐慕坚著《人际关系学》）忠直之臣既然不明了奸佞谗臣善于要弄阴谋诡计，也就不能及时识破和揭露他们的阴谋诡计，更谈不上和这些野心家阴谋家做有力的斗争。

三、他们常常以正人之心度小人之腹，不明了奸佞谗臣为了达到不可告人的目的，结党营私，狼狈为奸。高俅当上太尉以后，和蔡京、童贯、杨戬结为死党。被称为朝中四贼，把持了军政大权，宿太尉眼见他们为非作歹，祸国殃民，也无可奈何。宋江受招安以后，明知梁山将领受到歧视、排斥，也以忠臣自命，不愿联合正直之臣，展开反奸斗争。宋江有机会杀掉高俅，但他放虎归山；等到恶虎有机会吃人时，高俅并没有顾念宋江纵虎之恩。

当代诗人北岛有句妙诗：“卑鄙是卑鄙者的通行证，高尚是高尚者的墓志铭。”可以用来作为这个问题的回答。

被诱骗来的梁山首领——卢俊义

看这个题目，颇有点滑稽意味。道君皇帝利用专制大权，可以将一个地痞流氓提升为掌握全国军政大权的太尉。但梁山军是绿林好汉自愿聚集起来的群体。他们的首领是在斗争过程中涌现出来的，需要得到好汉们的衷心拥护，怎么可能用诱骗的方式拉来充当首领呢？说梁山军的首领卢俊义是被诱骗来的有没有根据呢？

卢俊义上梁山，既非官府所逼，也不像呼延灼等朝廷将领打了败仗向梁山军投降，而是被宋江、吴用设计诱骗上山的。为什么要诱骗卢俊义上梁山呢？

事情发生在晁盖身亡以后，宋江向大名府僧人问起北京风土人情，猛然想起大名府有个大财主卢俊义，说道："你看我们未老，却恁地忘事！北京城里有个卢大员外，双名俊义，绰号玉麒麟，是河北三绝，祖居北京人氏，一身好武艺，棍棒天下无对。梁山泊寨中若得此人时，何怕官军缉捕，岂愁兵马来临？"照宋江这种说法，所以要拉卢俊义上山，目的是为了对付官军的军事围剿。这是不是宋江的真正意图，日后自明，这里暂且按下不表。

由于宋江一心要拉卢俊义上山，因此，吴用扮作算命先生到大名府给卢俊义算命，说他有百日血光之灾，只除非去东南方一千里之外，方可免此大难。卢俊义听了这样浅薄的算命，竟然相信，此人还算是“河北三绝”，河北也太没人才了！更奇怪的是，卢俊义从大名府出发，往东南方向走去，走了一千多里，竟然恰好路过梁山。这种可能性究竟有多少，也暂且不管它。问题是卢俊义并没有因之被拉上山。相反，他非常敌视梁山军，口口声声要趁此机会，捉拿梁山贼首，“解上京师，请功受赏”。卢俊义与梁山泊人马厮杀，没多少回合就成了俘虏。可见他的棍棒，并非天下无敌手。宋江想依靠他的棍棒抵挡官军的围剿，看来靠不住。奇妙的是，宋江竟叫人把卢俊义用轿抬上山寨，跪倒在他面前，陪话道：“小可久闻员外大名，如雷贯耳”，“实慕员外威德，如饥如渴，已非一日。所以定下计策，屈员外做山寨之主，早晚共听严命”。宋江如此谦恭，卢俊义并不买账，仍然口口声声“生为大宋人，死为大宋鬼”“要死极易，要从实难”。宋江如冷水浇头，诱骗卢俊义上山当首领的计谋没有得逞。卢俊义吃了宋江的酒筵，仍回大名府去当大财主。

宋江碰了一鼻子灰，仍然不死心，又令吴用施反间计，加上卢俊义的管家李固私通卢夫人，陷害卢俊义，这次卢俊义真遭了灾，被刺配沙门岛。后又被抓回大名府，被判死刑问斩。宋江为了再次拉卢上山，竟派遣梁山大军，攻打大名府。从死牢里救出卢俊义。走投无路的卢俊义，只得上了梁山，被宋江推为副首领。请看，梁山这个首领不是诱骗来的吗？！

其实，不只卢俊义受骗，梁山军将领也受骗。宋江明说拉卢俊义上山是为了加强反抗官府的力量，暗中盘算的却是得到这位“生于富贵之家，长有豪杰之誉”的大财主，让他当寨主，日后可以引导梁山军接受朝廷招安。等到卢俊义上了梁山，宋江再三要把寨主让给他，才公开说出心里话：“尊兄有如此才德，正当为山寨之主。他时归顺朝廷，建功立业，官爵升迁，能使弟兄们尽生光彩。宋江主张已定，休得推托。”梁山好汉费了九牛二虎之力，拉来一个敌视梁山事业，日后协助宋江推行背叛梁山聚义宗旨，向朝廷投降的卢俊义，这不是受了宋江的骗是什么？！

不只梁山好汉受骗，连协助宋江几番用计诱骗卢俊义上山的吴用，其实也是受了宋江之骗。因为他只听信拉卢俊义上山以后“何怕官军缉捕，岂愁兵马来临？”的话，并不了解宋江想凭借卢俊义的社会地位和声望达到接受招安的内心意图。等到卢俊义上了山，宋江要将他推上寨主宝座时，吴用才发现自己上了当。当宋江一再要将寨主让给卢俊义，受到李逵等梁山头领的强烈抵制，宋江仍然一意孤行，吴用再也忍不住，“以目示人”，暗示更多的将领站出来反对宋江的错误做法，武松、刘唐等人纷纷表示不满，鲁智深大叫道：“若还兄长推让别人，洒家们各自撒开！”

最后，宋江不顾梁山众多头领的反对意见，仍然让卢俊义坐了梁山泊第二把交椅。其实，论资格，论武艺，论才德，论贡献，比卢俊义强得多的梁山头领有的是，为什么非要将一个敌视梁山事业的大财主推为首领不可呢？宋江这种违背梁山军意旨的做法，谁服呢？

可见，卢俊义上梁山当首领完全是宋江照自己的主观意图拉吴用协助导演的一出滑稽戏，但宋江、吴用的编导技术并不高明，主角卢俊义也演得很蹩脚，处处显出虚假和编造的漏洞。拉卢俊义上梁山的几回书，与前头林冲五回、武松十回等相比，其高下优劣，实在不可同日而语，令人不敢相信出于同一作者的手笔。

吴用跟诸葛亮比智慧

《三国演义》里的诸葛亮和《水浒传》里的吴用，可说是古代小说世界里两颗明亮的智慧之星。诸葛亮之星早已悬挂在天幕上，闪烁灿烂；吴用之星跟随其后，徐徐上升。

吴用出场虽是一个私塾里的穷教师，但看他的言行举止和思维方式，已是一位军师型的形象。当赤发鬼刘唐向晁盖报告，打听得大名府梁中书收买十万贯金珠宝贝，准备送往京都与他丈人蔡太师庆贺生辰，要求商议个办法半路劫取时，晁盖请了吴用一起商量对策。吴用听后，寻思片刻，马上作出准确的判断，指出这件事“人多做不得，人少又做不得，如今只有我们三人，须七八个好汉方可”。人少做不得容易理解，为何人多也做不得呢？估计有两种可能，一是人多嘴杂，容易走漏风声，梁中书探知，缩了回去；二是人多行动难以配合默契，妨碍计谋的实现。

杨志接受了梁中书押送生辰纲的使命，也经过了一番密谋，否定了推车插旗惹人注目的办法，采用了杨志提出的差点十个壮健的厢禁军，装扮成客人，挑着担子，悄悄连夜上东京的方案。

围绕这十万贯生辰纲，双方展开了一番龙争虎斗。人们以为吴用可能采取偷袭、奇袭之类的战法，谁知吴用竟在杨志等十五人面前导演了一出前所未见的心理战。

这出戏的关键是要引诱杨志上钩，喝下吴用送来的蒙汗药酒。但杨志既非蠢人，也非莽汉，而是精明能干、富有江湖经验的军官，不那么容易上钩。何况这趟押解生辰纲的成败，直接关系到他的前途命运。因此，他使出浑身解数，一定要把生辰纲送到蔡太师府上，作为他日后升迁的大本钱。接近黄泥冈，更是提高了警惕，改变走路时间，冒着酷热天气，日中行走。走到冈上，遇到挑卖白酒的汉子，众军汉正在口渴难忍，就要凑钱买酒喝，杨志提过朴刀杆便打，骂道："没晓事的，全不知得路途上的勾当艰难，多少好汉，被蒙汗药麻翻了！"

就在杨志这种十分严密的防范下，吴用仍然有办法使之钻入预设的圈套。黄泥冈上的心理战写得十分成功，充分显示了吴用非凡的智慧。

诸葛亮的形象是智慧的化身。《水浒传》塑造的吴用形象，显然受到《三国演义》中诸葛亮的形象所影响。作者称吴用为智多星，道号加亮先生，并赞颂他"谋略敢欺诸葛亮，陈平岂敌才能"。明确表示他创作吴用形象是学习诸葛亮，并要超过诸葛亮。但怎样才算超过诸葛亮呢？有没有尺子可以衡量呢？

智慧藏在人的脑海里，凭外在不能见其形影，不像其他有形的物品可以作出准确的测量。那么，智慧的高低就无法判断吗？

潜藏在脑子里的智慧虽然无形无影，但当智慧支配行动，无形便化为有形。同样的事情，不同的人去做，往往有成败得失之分。例如，刘备和诸葛亮相比，谁的智慧高？静观难以作出判断，实践立见高低。刘备三顾茅庐，诸葛亮隆中对策，扼要分析了当时的天下形势，向刘备建议应采取的战略方针，并预见将出现三分天下的局面。一席话使刘备顿开茅塞。刘备当即拜请诸葛亮为军师，扭转了被动局势。从这件事看，诸葛亮的智慧比刘备高得多。

又如，宋江和吴用相比，谁的智慧高？同样必须经过实验才能看出两人谁高谁低。宋江率领梁山军攻打祝家庄，到独龙山前安营扎寨，派石秀、杨林去查探路径，陷入了盘陀路。宋江急于救人，冒险进攻，中计失败。二打祝家庄宋江又迷了盘陀路，又告失败。为了克敌制胜，晁盖增派吴用下山。吴用及时总结了宋江前两次失败的教训，首先采用分化瓦解的办法，拆散了祝、扈、李三庄联盟，又派孙立等人打入庄内做内应。三打祝家庄，终于转败为胜。宋江虽然处于领导地位，但论智慧，却不能不承认吴用比宋江更为高明。

那么，吴用与诸葛亮相比，谁的智慧更高呢？可惜两人从没有交过手，实在难以比出高低。作为小说人物，吴用、诸葛亮两个形象的诞生年代比较接近，而两人的历史背景却相距遥远。诸葛亮活动在三国时代，吴用活动在北宋末年，前后相距近千年。由于时代不同，各自面临的形势不同，担负的使命和思想性格也不一样。因此，吴用和诸葛亮的智慧高低，很难相比。假如两人易地而处，将会怎么样？照诸葛亮一心扶助刘备，恢复汉室的思想来推断，他恐怕不会像吴用那样智取生辰纲，充当梁山军的军师。吴用也不会像诸葛亮那样隐居南阳，待刘备三顾而后出山，因为他缺乏诸葛亮“淡泊明志、宁静致远”的胸襟。从这个角度看，两人实难相比。

但作为小说形象，其智慧之高低，仍有可比之处。

一、遇到的对手水平有高低。诸葛亮的敌手几乎都是超级人才，无论是曹操、司马懿，还是周瑜、陆逊，都非等闲之辈，而且曹、吴集团里，还各有谋士如云，经过反复多次的较量，双方的智慧都发挥到极高的水平。而吴用遇到的对手只有杨志（替梁中书押解生辰纲）、黄文炳（谋害宋江）的谋略尚有可称之处，其余童贯、高俅之流，全是不堪一击的草包。吴用在和他们比斗时，只要略施小技已可取胜，也就是说，他的智慧只需动用十分之一二，其余十分之八九没能表现出来。按照打虎是英雄，打猫打狗不足道的原则，吴用表现出来的智谋显然不如诸葛亮高。

二、对敌的范围有大小。诸葛亮活动的舞台相当宽广，不只在军事，而且涉及外交、政治、行政管理以及民族政策的运用等，都有出色的表演，经受了多方面的考验。许多地方，诸葛亮智慧的运用，都达到了出神入化的地步，如草船借箭、空城计、七擒孟获等，传诵千年而不衰。相比之下，吴用活动的舞台狭小得多，只限在军事。就以军事而言，吴用指挥的战争，运用得较多的也只是奇袭，远不如诸葛亮指挥的丰富多彩。

三、预见的眼光有远近。诸葛亮知识渊博，目光深邃。尚未出山，已预见天下三分。三国相争的几十年历史，完全不出他所料。诸葛亮智慧虽高，但毕竟是人不是神，有两点他没有预测到：一是刘备成功的起点在荆州，失败的起点也在荆州；二是三国归司马。就目光而论，吴用也难以与诸葛亮相比。作为智多星吴用，他也有预见。例如，智取生辰纲，杨志的心思计谋，完全不出吴用所料。“智取”以后，官兵必来追捕，必要时退上梁山，也在吴用的预测之中。不过，吴用的眼光远不如诸葛亮看得深远。如同下棋，初学者走一步看一步，稍有经验的棋手可看五步、七步，而高手则可以预测到十步数十步之后。吴用作为军师，却不能预测受招安以后，梁山军的处境和命运将如何。由此可知，吴用看的棋步，难以和诸葛亮相比。

总之，就小说形象来说，诸葛亮的智慧高于吴用。但就表现智慧来说，《三国演义》和《水浒传》描写这两个形象时都有一个共同的毛病，似乎一切智慧都只集中在：军师一人的头脑之中，似乎只有军师才会有奇谋妙策，似乎只要照军师的锦囊妙计去做，就可以克敌制胜。其余的将领和千军万马，都毋需动脑筋，都只有拼搏厮杀的份儿。但老百姓并不这样看，俗话说："三个臭皮匠，顶个诸葛亮。"承认人的智慧有差别，不承认智慧被个别人所垄断。还有一句俗语说得更妙："智者千虑，必有一失；愚者千虑，必有一得。"

智多星三次失误

《三国演义》的诸葛亮形象，可说是中华民族智慧的象征，千古一人，炎黄子孙，谁不敬佩！美中不足的是有时让他穿上八卦衣，呼风唤雨，成了半人半神的人物，如鲁迅先生所说：“欲状诸葛之多智而近妖。”中国古代小说描述人物，理想化和神化常相混淆，几乎成为通病，不独《三国演义》为然。

《水浒传》里的吴用，作者虽然也极力突出他的智慧谋略，却完全洗尽了神怪色彩，像是从现实生活里走出来的人物。书中表现吴用的高超智慧，力求限制在现实人物可能达到的高度，而且作为现实人物，不管如何高明，又必有其弱点、缺点和错误，智多星吴用也不例外。这样处理，不是《水浒传》的败笔，恰恰相反，这正是它成功的地方。

智多星有哪些失误呢？主要有三次：

失误之一：错用图章，百密一疏。

智多星吴用一向神机妙算，可是让戴宗传假信时，却错用了图章，险些断送了宋江和戴宗的性命。

吴用针对蔡九知府和黄文炳密谋派戴宗送信将宋江吟反诗一事报告蔡京的行动，设计了一个特别严密而周全的抢救宋江的计策，让戴宗带回假家书，传令蔡九知府派人押解宋江赴京师，而梁山泊准备好人马埋伏在半路搭救。为了使蔡京的家书摹写如真，不露蛛丝马迹，特意骗取圣手书生萧让和玉臂匠金大坚上山。萧让平日练就一手好书法，特别善于模仿蔡京字体，写来可以乱真。金大坚则从来擅长雕刻蔡京的各式图章。这样的书信，这样的印章，看来应万无一失了，足可以骗过素养不高的蔡九知府。

谁料送走戴宗之后，吴用很快悟出假书里有个小小的漏洞。照当时社会的避讳习惯，蔡京给自己的儿子写信，不能用“翰林蔡京”这样的讳字图章。吴用想到这四个字将害死宋江、戴宗二人，顿时不禁汗流浃背，叫苦不迭。

这是百密一疏的失误。吴用一时只顾其前，不顾其后。只考虑回信的字体、口气、笔调、印章等等要如同出于蔡京亲手所为，匆忙间却忘了设身处地想一想：应盖什么印章才合适。这样的差错在特别紧急的情况下，像吴用这样聪明的人，有时也难以完全避免。

戴宗回到江州，递上假信，瞒过了蔡九知府，却被嗅觉灵敏的黄文炳所识破。幸亏吴用毕竟是智多星，脑子一转，及时采取了补救措施，才挽救了宋江、戴宗两人的性命。

失误之二：附和宋江，军师失职。

宋江在“菊花会”上提出受招安的主张，当即受到李逵等人的激烈反对。宋江利用手中的权势，大喝：“这黑厮怎敢如此无礼？”下令左右推出斩首。在这关系梁山大军命运的大是大非面前，作为军师吴用不能明辨是非，而采取和稀泥的态度，极力掩盖宋江李逵发生尖锐冲突的性质，说李逵“是个粗鲁的人，一时醉后冲撞，何必挂怀！”后来陈太尉奉旨到梁山招安，吴用虽然布置了阮小七等人偷换御酒，激发众头领对招安的不满。但吴用对待招安并非从根本上反对。他只觉得眼下条件尚未成熟，要“杀得他人亡马倒，梦里也怕，那时方受招安，才有些气度”。有些论者引用这句话时，故意斩掉后半截，用断章取义的方法说明吴用坚决反对招安。其实，吴用不属于反招安派，他是个有条件的招安派。宋江接受了吴用的策略思想，率领梁山军两赢童贯，三败高俅，朝廷军事围剿梁山失败，不得不重谈招安。宋江日思夜想的受招安在吴用的支持下终于实现了。后来平辽有功无赏，李俊、张横、张顺和三阮等，背着宋江找吴用商量，请他率领大伙，“就这里杀将起来”，“再回梁山泊”。吴用一向只能当参谋，不敢独立扛大旗，给大伙兜头泼了一盆冷水，说：“宋公明兄长断然不肯，你众人枉费了力。箭头不发，努折箭杆。自古蛇无头而不行，我如何敢自主张。”作为军师，已知受招安的后果很坏，却不敢挺身而出，纠正过去受招安的错误。

失误之三：劝说从辽，错导航向。

征辽过程中，辽国战场频频失利，辽主采纳欧阳侍郎的诱降计，给宋江送来金银、彩缎和名马一〇八骑，设身处地地指出："今日宋朝奸臣们，闭塞贤路，有金帛投于门下者，便得高官重用，无贿赂投于门下者，总有大功于国，空被沉埋，不得升赏。如此奸党弄权，谗佞侥幸，嫉贤妒能，赏罚不明，以致天下大乱。江南、两浙、山东、河北，盗贼并起，草寇猖狂，良民受其涂炭，不得聊生。今将军统十万精兵，赤心归顺，止得先锋之职，又无升受品爵。众兄弟劬劳报国，俱各白身之士。遂命引兵直抵沙漠，受此劳苦，与国建功，朝廷又无恩赐。此皆奸臣之计。若沿途掳掠金珠宝贝，令人馈送浸润，与蔡京、童贯、高俅、杨戬四个贼臣，可保官爵，恩命立至。若还不肯如此行事，将军纵使赤心报国，建大功勋，回到朝廷，反坐罪犯。"并以"封将军为辽邦镇国大将军，总领兵马大元帅"为诱饵。宋江听罢，虽说"侍郎言之极是"。但考虑到身份处境，不敢贸然答复。侍郎走后，宋江即请军师吴用商议，吴用认为"欧阳侍郎所说这一席话，端的是有理"，劝说宋江"弃宋从辽"。这种主张显然有背民族大义，是汉族文人的大忌。

为什么聪明一世的吴用会说出这样的错误主张？这里存在极其复杂的因素。吴用比宋江看得更清楚，朝政黑暗腐败的关键是奸佞专权，由于奸佞得到皇上宠幸，因此朝中奸贼难除。而宋江为了尽忠报国，不敢奋起反奸，势必导致奸贼陷害忠良的阴谋得逞。这是吴用看不到出路的苦恼。欧阳侍郎的一席话引起他的共鸣正是抓到了他的心理。但吴用又患有软骨病，不敢支持李逵等人奋起反抗黑暗王朝，铲除奸贼，以平民愤。在这样左右为难、进退维谷的情况下，他才想在弃宋从辽中寻找出路。当然他也深知这样做负了宋江的“忠义之心”，很难行得通。总之，吴用这时的心态已陷入极端矛盾之中。当宋江断然拒绝弃宋从辽时，他又立即为宋江设计取霸州。

智多星吴用三次失误，性质各不相同。错用图章，是智者千虑，必有一失的错误，是难以避免的错误，何况他及时采取了相应的补救措施，更见其精明老练。附和宋江接受招安的决策，是方向的错误，没有负起军师应负之职责，表现了吴用的软弱性格。至于劝说宋江弃宋从辽，是在进退无路情况所做出的错误抉择，虽然包含有反对奸贼专权的内容，但由于违背民族大义而有损吴用的形象。

不能没有黑旋风

在《水浒传》英雄谱上，黑旋风李逵的形象闪烁着耀眼的光辉。读了《水浒传》，五虎将是谁，不一定记得住，但手持双斧的黑旋风，不管是否喜欢他，恐怕谁都难以忘怀。

在元曲里，黑旋风是个极其重要的角色，比宋江、吴用更为突出。现存元代或元明之际的水浒戏共有三十三种。（傅惜华：《元代杂剧全目》）以李逵为主角的占了三分之一以上。不过，元曲里的李逵尚未定型，各人所写的李逵，风貌大不相同。有的把他写成一个杀人放火、蛮横无理的暴徒，自称“三日不杀人呵，我浑身上下拘系”，“三日不放火呵，倚着那石墙下呵盹睡”。（《黄花峪》）有的写李逵是个吟诗饮酒、穷极风流的黑汉子。（《黑旋风穷风月》《黑旋风诗酒丽春园》），写得最好的是《李逵负荆》，是个除暴安良、刚直不阿的勇士。

《水浒传》在传说和元曲的基础上创造新的李逵。在《水浒传》

里，李逵和宋江的关系很特别，离开这种特殊关系，无法正确理解李逵。他俩时而亲如手足，时而势不两立，体现了《水浒传》两种思想倾向的矛盾和斗争。最敬仰宋江的是李逵，但在对待招安、对待皇帝以及梁山军的出路等一系列重大问题上，反对宋江最激烈的也是李逵。宋江特别喜欢李逵的耿直纯真，但当李逵抗命时，对他又一再表示要斩要杀。宋江和李逵像是最好的结义兄弟，又像是不共戴天的对头冤家。最耐人寻味的是宋江是李逵从刽子手的刀下救了出来，李逵后来却被宋江毒死。论思想，李逵远不如宋江复杂，但也决非人们所说的李逵不过是个莽汉那么简单。成功的艺术形象都是多种矛盾的复合体，李逵也不例外。从不同的角度看李逵，李逵将呈现出不同的风貌。

李逵第一次和宋江见面，想请宋江饮酒，身上没有钱，撒了个谎，向宋江借了十两银子去赌博，本想捞回些银钱好做东请客。谁料输了个精光。一时气急，发蛮抢走了赌徒的钱，还动手打人。后来李逵和戴宗去请公孙胜，在饭馆等急了，他就不顾一切，“把那桌子一拍，溅那老人一脸热汁，那份面都泼翻了。”如果只看这些表现，李逵简直是个流氓无赖。

大闹江州时，李逵不分官兵与百姓，“只拣人多处杀去”，一斧一个，排头儿砍将去，致使不少无辜平民，死于非命。宋江曾对李逵说过：“若是上风放火，下风杀人，打家劫舍，冲州撞府，合用着你。”如果只看这一点，李逵可说是个野性难驯的狂徒。

李逵每次参加战斗，不管三七二十一，只图杀得痛快，“杀得手顺”。在三打祝家庄时，砍杀了已经“牵牛担酒前来投降”的扈成庄上全家，破坏了梁山军分化瓦解的策略。李逵虽然对梁山事业很忠诚，但处事鲁莽，常常成事不足，败事有余。如果只看这一面，李逵是个不折不扣的鲁莽人。

李逵对亲娘很有感情，他见宋江下山接父亲，也回沂水去接母亲，想让母亲到山寨享几天福。走到半路上遇见李鬼，冒充李逵拦路打劫，假李逵碰上真李逵。照李逵平日的性格，看来李鬼今次非成为李逵的斧下鬼不可。可是当李鬼说出因家穷，无力养活九十岁的老母，故借用李逵的威名，抢点财物，养家糊口。李逵一听他为养活老母亲，想到自己回乡也是为了老母亲，心就软了。不但没有杀李鬼，反而从口袋里掏出十两银子资助他。如果只看这里的表现，称赞李逵为孝子，谁说不宜。

李逵大闹东京之后，路过四柳村，狄太公向他哭诉家里闹鬼，李逵自称是罗真人的徒弟，会腾云驾雾，专能捉鬼。狄太公便把李逵引去女儿房里让他捉鬼。李逵手掿双斧到了房门口，只见一个后生搂着一个妇人，在那里谈情说爱，李逵一脚踢开房门，斧起头落，一对谈恋爱的青年男女，顿时变为无头冤鬼。如果只截取这片段，李逵可说是个维护风化的卫道之士。

尽管李逵有这样那样严重的缺点，多次犯过严重的错误，但是千万不可忘记李逵的思想性格还有更重要的一面。他的绰号叫黑旋风，贪官污吏、土豪劣绅听到黑旋风李逵这个名字，没有不发抖的。在梁山中，黑旋风代表了一种极为可贵的反叛精神：

反叛黑暗王朝不能没有他；

除暴安良、劫富济贫不能没有他；

冲锋陷阵、出生入死不能没有他；

撞破天罗、掀开地网、再造乾坤，更不能没有他。

李逵最可贵的是有一颗无私无畏、献身事业的赤诚之心。表现在：

一、为了反抗黑暗统治，他具有“舍得一身剐，敢把皇帝拉下马”的大无畏精神。在江州，他凭两把板斧一颗心，独自从街头茶楼跳下来劫法场，斧劈刽子手，抢救宋江。从这里，读者已可领略到李逵的英雄气概。刚上梁山，就喊出“杀去东京，夺了鸟位”的响亮口号。如果在两赢童贯、三败高俅之后喊出这个口号，人们不会感到惊讶，因为这时，梁山军已经摧毁了朝廷的中央大军主力，具有“杀去东京”，推翻朝廷的实力。但李逵高喊“杀去东京、夺了鸟位”的时候，梁山军不过几千军马，实力只够打败江州的无为军。可见，李逵高喊“杀去东京、夺了鸟位”不是依据梁山军的军事实力，而是表达广大被压迫者推倒黑暗王朝的愿望和意志。随着梁山军的壮大发展，李逵的这种愿望越来越强烈，虽然一再受到宋江的压制，推翻黑暗王朝的意志并没有泯灭。

二、李逵将梁山事业看成自己的生命，为了梁山事业的胜利，哪怕需要上刀山、下火海，他都乐于承担。梁山军每次攻城夺府，李逵都争着打头阵；凡是梁山兄弟遇难，他总是第一个挺身而出；战斗打响，冲在最前面，也多半是李逵。如第六十三回攻打北京城时，“东阵上只见一员好汉，当先出马，乃是黑旋风李逵，手掿双斧，睁圆怪眼，咬碎钢牙，高声大叫：‘认得梁山泊好汉黑旋风么！’”这就是李逵在战斗中特有的风姿。他在哪里出现，就在哪里卷起股“撼地摇天”的旋风。更难得的是李逵对梁山事业的一片忠心，和宋江念念不忘忠于朝廷形成鲜明的对照。受招安以后，李逵仍念念不忘梁山事业，一再要求“再回梁山”。临死前的一幕尤为动人。宋江喝下了高俅的毒酒，特意把李逵请来，也让他喝下毒酒，然后告诉李逵说：“贤弟不知，我听得朝廷差人赍药酒来，赐与我吃。如死，却是怎的好？”李逵大叫一声：“哥哥，反了罢！”宋江道：“兄弟，军马尽都没了，兄弟们又各分散，如何反得成？”李逵道：“我镇江有三千军马，哥哥这里楚州军马，尽点起来，并这百姓，都尽数起去，并气力招军买马杀将去！只是再上梁山泊倒快活！强似在这奸臣们手下受气！”表明李逵至死不忘造反，临死仍然留下一片对梁山事业的耿耿忠心。

三、为了梁山事业，李逵敢于坚持原则，反对错误主张，哪怕是最有权威的领导，只要违背梁山军的宗旨，他都敢于挺身而出，以他独特的表达方式，当面提出反对意见。在唯唯诺诺、俯首听命的奴才气特别严重的社会，李逵敢开逆风船的精神尤其难得。在梁山军内部，作为宋江的对立面是李逵，尽管作者抱着偏见肯定宋江而否定李逵。实际上，李逵与宋江的矛盾冲突，除了七十三回《黑旋风双献头》是李逵误会了宋江以外，正义和真理都在李逵一边。李逵反对宋江将梁山寨主让位给卢俊义，反对宋江接受招安，投降朝廷，反对宋江屈从奸贼，忍辱偷安，试问哪一桩反对得不对？即使对宋江抢夺民女是出于误会，也表现了李逵的光明磊落，维护大局的高尚品格。他从宋江到京师私访名妓李师师推断宋江抢夺民女的可能性，为了维护梁山泊的名誉，立刻跑回梁山，拔出双斧，砍倒杏黄旗，把“替天行道”四个字扯得粉碎，还挥动板斧，冲上忠义堂，要杀宋江。后来证明是出于误会，他遵守打赌的诺言，毫不犹豫地愿意割下自己的头颅去谢罪，表明他一心一意为了梁山事业。在反对招安时，李逵的表现就更为突出，尽管宋江一再压制他，甚至传令要斩要杀，但始终不能使李逵闭口不言。

李逵之魂系梁山

每支军队都有它的军魂。那么，梁山军有没有自己的军魂呢？如果有的话，谁最有资格代表梁山军的军魂呢？

照常理，梁山军的首领应该最能体现梁山军的意志和力量。不过，万事万物总有例外。宋江作为首领，曾经对梁山军的发展壮大作出了重大贡献。遗憾的是他在后来将梁山军引向邪路，他的灵魂在朝廷不在梁山。

副首领卢俊义有资格代表梁山军之魂吗？他比宋江更差劲，是被硬拉上梁山的。他的心并不与梁山军一起跳动。

军师吴用呢？他为梁山事业出谋划策，贡献了宝贵的智慧，功不可灭。可惜在关键时刻，他跟着宋江走。接受招安以后，众头领发觉受骗，李俊、张顺、阮氏三兄弟等人背着宋江动员吴用重举义旗，再返上梁山。他不敢答应，没有挑起造反大旗的勇气。可见，他的魂也随着宋江离开了梁山。

如要选梁山之魂，倒是黑旋风李逵比较合适。虽然，他存在许多缺点，犯过许多错误，但是他的思想、意志和力量，最能体现梁山好汉的思想、意志和力量。具体说，他有三条别人比不上：

一、强烈的反叛精神

宋江“只反贪官，不反皇帝”。受招安后，连贪官也不敢反了。“陈桥驿滴泪斩小卒”，对贪得无厌、克扣官酒的厢官不敢哼一声就是一例。鲁智深、林冲、武松、阮氏三雄的反抗精神在梁山英雄中比较突出，但主要是反贪官、反奸贼。阮小五上山前唱“酷吏赃官都杀尽，忠心报答赵官家”，视忠君为人生的归宿。上山后，没见有重大的思想变化。

唯独李逵始终如一地既反贪官，也反皇帝。刚上梁山，晁盖为宋江等人举行迎风宴会。宋江说起蔡九知府捏造谣言，解释“纵横三十六，播乱在山东”，合主宋江造反在山东，以此陷害自己，差点没命。李逵听了，跳将起来道：“好哥哥，正应着天上的言语……放着我们有许多军马，便造反，怕怎地？晁盖哥哥便做了大皇帝，宋江哥哥便做了小皇帝……”要求“杀去东京，夺了鸟位”，他以特有的粗俗话语，喊出了被压迫者推翻黑暗王朝、建立新王朝的呼声。

此后，李逵再以各种不同方式表达“杀去东京，夺了鸟位”的强烈愿望。但每次都遭到宋江的压制和扼杀。直到他死后，他的魂儿还怒气冲冲去找宋徽宗算账，厉声高叫道：“皇帝，皇帝！你怎地听信四个贼臣挑拨，屈坏了我们性命？今日既见，正好报仇！”抡起双斧，径直向宋徽宗砍去，吓得徽宗出了一身冷汗。表明李逵人虽死，反叛精神并没有磨灭，自始至终与专制统治者势不两立，表现出被压迫者反叛专制王朝的大无畏精神。这一点，是别的梁山英雄难以相比的。梁山之魂不属李逵属谁？

二、坚决的反招安态度

宋江上梁山之前，见武松要投奔二龙山，便规劝他撺掇鲁智深受招安，在青史上留个好名。上了梁山当了寨主以后，更是日思夜梦盼望受招安。

宋江受招安的主张，受到大批投降梁山军的朝廷将领、官员和地方豪强的竭诚拥护，把受招安然后升官赐爵看成是最美满的前程。但是，对于为了报仇雪恨而上梁山的李逵、三阮兄弟来说，受招安等于重做富家的牛马、官府的奴才，好不容易站起来做人又得再跪倒下来，这对他们来说当然无法接受。因之受到了武松、鲁智深、三阮兄弟的抵制。反对接受招安最为坚决的要算李逵。

宋江经过周密的部署，在“菊花会”上，以赋诗明志的方式鼓吹“望天王降诏，早招安，心方足”。李逵闻说，怒不可遏地大骂：“招安，招安，招甚鸟安！”一脚把酒席踢翻，攧做粉碎。给宋江当头棒喝。但宋江为了受招安，不顾一切，立即喝令左右，把李逵推出去“斩讫报来”，企图杀一儆百。只是由于众人苦劝，才寄下“颈上一刀”，监禁了李逵。

李逵反招安的主张，虽然一再受到宋江的压制，但他并没有屈服。宋江经过多方钻营，好不容易盼来了诏书。正当他跪在忠义堂上满怀喜悦准备迎接诏书时，不料突然间只见李逵从屋梁上跳下来，二话没说，夺过诏书，扯得粉碎，还把钦差痛打了一顿，又一次打破了宋江的美梦。

第三次受招安，作者回避了李逵等人的反招安。宋江接受招安终于实现，但李逵“反心不死”。征辽归来，梁山英雄立了战功，依然受朝廷排斥。宋江愁容满面，自怨命蹇。李逵抓住这个有利时机，再次指责宋江自讨苦吃，骂宋江“好没寻思！当初在梁山泊里，不受一个的气，却今日也要招安，明日也要招安，讨得招安了，却惹烦恼”。不如“再上梁山泊去”。李逵不愧为反专制最坚决最英勇的英雄。这一点，也是别的梁山英雄难以相比的。梁山之魂不属李逵属谁?

三、热爱梁山事业的献身精神

谈到为梁山事业献身，梁山英雄有一大批。他们在反官府的战斗中英勇奋战，可歌可泣，事迹相当感人。但就热爱梁山事业而言，李逵仍然表现得最为突出。当他听说宋江抢了民女当押寨夫人时，为了维护梁山军的声誉，他不顾宋江的情面，也不怕顶头上司的报复，立刻跑回梁山，砍倒“替天行道”杏黄旗，还要砍杀宋江。虽然只是一种误会，但也可以看出李逵对梁山事业的一片赤诚之心。

宋江受招安以后，李逵依然“魂系梁山”。只要有机会，他就鼓动再返上梁山，同样遭受宋江的呵斥：“这黑禽兽又来无礼！如今做了国家臣子，都是朝廷良臣。你这厮不省得道理，反心尚兀自未除！”一点不错，李逵的“反心”确实没有因为受招安而泯灭。他做梦也想回梁山。宋江即使在当梁山首领时，也是身在梁山、心在朝廷。受招安后，亲手毁了梁山。奸臣放慢药进御酒毒杀宋江，他在临死前仍念念不忘“忠心不负朝廷”。因怕死后李逵造反，坏了他一生忠义之名，用有毒的御酒谋杀李逵。宋江的“忠于朝廷”和李逵的“魂系梁山”形成强烈的对比。仅此一点，梁山之魂也只有李逵足以当之。

用拳头斧头说话

李逵有句口头禅，叫“先打后商量”。他觉得商量来商量去，未必管用，不如用拳头斧头表达自己的意见来得痛快。

高廉有个妻舅叫殷天锡，他凭借高太尉的权势，要强占柴皇城的花园。柴皇城不愿拱手相让而挨了揍，生命垂危。李逵闻知，跳将起来说：“这厮好无道理！我有大斧在这里，教他吃我几斧，却再商量！”柴进认为有先朝丹书铁券保护，满可以同他按条例打官司，李逵却根本不信这套鬼把戏，他说：“条例，条例，若还依得，天下不乱了！我只有前打后商量”。他说到做到，当殷天锡带领一帮狗腿前来霸占花园时，柴进据理力争，殷天锡便呼喝爪牙动手打柴进，李逵在门缝里看见，就拽开房门，大吼一声，冲了过去，把殷天锡从马上揪下来，拳头脚尖一发上，没几下就把殷天锡活活打死。

这是黑旋风李逵特有的作风。柴进想阻挡也阻挡不住。这样一来，李逵给人的印象就是粗鲁蛮干，不会动脑筋，只会拳打脚踢。

其实，李逵并不完全是这样。细读《水浒传》，人们可以发现，李逵虽然鲁莽，有时也很会动脑筋。不过他的思路和行动方式，的确非常特别。

拿江州劫法场救宋江这件事来说，劫法场向来是冒险而艰难的行动，因为对方总是戒备森严，以防不测。监斩像宋江这样的重犯，尤其如此。为了营救宋江，来了两支队伍。一支是以晁盖为首的梁山泊英雄，约有百来人；一支是以张顺为首的浔阳江好汉，也有五十多人。他们都装扮成各色各样的老百姓。凭这些力量，抢救宋江也未必有把握。

此时的李逵，只是江州监狱的一名小牢卒。他敬爱宋江，下决心要从老虎刀下抢出宋江。但如何劫取宋江呢？他还没上梁山，也非浔阳江好汉，根本不知两支队伍劫法场的计谋。他只能照自己的想法去行动。

等到午时三刻，监斩官大声呼喝："斩讫报来！"两个刽子手正要动手，梁山泊的好汉敲响了锣，准备营救。突然：

十字路口茶坊楼上，一个虎形黑大汉，脱得赤条条的，两只手握两把板斧，大吼一声，却似半天起个霹雳，从半空中跳将下来。手起斧落，早砍翻了两个行刑的刽子，便望监斩官马前砍将来。众士兵急待把枪去搠时，那里拦当得住？众人且簇拥蔡九知府逃命去了。

自从戴宗营救宋江传假信的计谋被识破以后，宋江的命危在旦夕。这些天来，李逵做了什么，想了什么，作品没有交代。但从他采取上述行动可以猜想到，李逵必定急得像热锅里的蚂蚁，绞尽脑汁，寻求对策。最后才找这么一个出其不意的从天而降的妙计。否则，乱哄哄一场混战，宋江能否安全脱险，实在很难说。

从这件事，人们发现李逵并不是个一味蛮干的人。

再看李逵径奔梁山砍杏黄旗这件事。表面看，简直是胡闹。只听刘太公一面之词，就完全相信宋江抢了人家女儿做压寨夫人，燕青的规劝一句也听不入耳。即使不听劝，直接找宋江查询弄清问题再算账也不迟；怎能在弄清事实之前就挥动斧头砍宋江呢？如果不是众头领反应敏捷，快速将李逵抱住，斧起头落，宋江岂不成了冤鬼？而且动不动就砍倒杏黄旗，扯碎“替天行道”也不应该。“替天行道”的杏黄旗是梁山大军的旗帜，即使宋江有错误行为，也只能找宋江算账，怎能因之砍倒梁山大军的旗帜呢？因此，指责李逵蛮干胡闹似乎是有道理的。

可是，如果得知宋江强抢民女做压寨夫人而无动于衷，平心静气地进行调查、询问，这还像李逵吗？在李逵看来，宋江强抢民女就不配担任梁山军首领，梁山众头领眼见宋江胡作非为而不予制止，“替天行道”的杏黄旗也就成了欺骗世人的旗帜。他为过去没认清宋江的面目而痛哭，为梁山旗帜被玷污而悲哀。他要用砍倒杏黄旗、砍杀宋江的行动表示自己的愤懑和失望。

李逵的这种独特行动，梁山头领一时都难以理解，可能以为他发了酒疯。但当大家明了他砍旗杀宋的目的和动机，在责备李逵鲁莽的同时，倒应为他珍惜和维护梁山名誉的行为记一功。后来李逵知道错怪了宋江，便坦诚地负荆请罪，并以实际行动捉拿冒充宋江的“草贼”，将功补过。

从这件事，同样不能得出李逵一味蛮干的结论。

李逵是个喜剧人物，他的行动方式不仅独特而且有趣。每次“胡闹”都别出心裁，给读者带来一串串的笑声。

不妨再看这样一个场面：朝廷派遣陈太尉到梁山招安。在忠义堂上，萧让宣读诏书，宋江及众头领都跪拜在地，恭听开读，“于内单只不见了李逵。”

试想一想，在这种气氛下，李逵会有什么独特的行动呢？

一向目无君王、藐视朝廷、反对受招安的李逵，当然不会跟着下跪。让他站立一旁行不行？不行。照当时的规矩，决不允许有这个例外。

让他回避，暂时到梁山各处游逛行不行？也不行。因为他特别关心梁山军的命运，在关键时刻，他决不会回避。

下跪、回避，都不合乎李逵的性格逻辑，那么，如何安排李逵才合适呢？

试看看作品怎样写？当诏书刚读完，突然间，只见李逵从屋梁上跳下来，话没说，就从萧让手里夺过诏书，扯得粉碎，随即冲过去揪住陈太尉，拽拳便打。读到这里，不禁拍手称妙。这种独特的行为方式，除了黑旋风李逵，别人不会这么干。

靠一系列的独特行为，《水浒传》成功地塑造了这个富有独特个性的李逵。

他的每次行动，都深深地印在读者的脑海里。只要读一遍，就一辈子也忘不了这个行为独特的黑旋风。

李逵的独特思维方式

“杀到东京，夺了鸟位”是李逵的又一句口头禅。黑旋风不只行为特别，他张口说话，也和一般人不一样。“鸟”字是他特有的装饰语。他每次说话，很少没带“鸟”字。鲁智深骂人的时候也常夹有“鸟”音，李逵用“鸟”字则不限于骂人。除了“鸟官”“鸟皇位”“鸟皇帝”，根本不把官僚、皇帝放在眼里，“鸟师父”“鸟水泊”也常常出自李逵的嘴巴。不过，探讨李逵独特的说话方式和思维方式，不能只注意他在运用“鸟”字的独创性。

最能代表李逵独特思路的还是他谈及皇帝的时候。在传统社会里，皇帝是一国之君，被称为“天子”，是代表上天来统治天下百姓的，因此人们把皇帝视为至高无上的权威。说到皇帝不是毕恭毕敬，就是诚惶诚恐。唯独李逵，目无君王，涉及当朝皇帝，也总带着藐视的口吻。

晁盖举行欢迎宋江上梁山的迎风宴会，当宋说及“纵横七十六，播乱在山东”的谣言，李逵忽然跳起来大叫：“放着我们有许多军马，便造反，怕怎地？晁盖哥哥便做了大皇帝，宋江哥哥便做了小皇帝，吴先生做个丞相，公孙道士便做个国师，我们都做个将军，杀去东京，夺了鸟位，在那里快活，却不好？不强似这个鸟水泊里？”李逵的话还没有说完，便被戴宗喝住，不许他继续胡言乱语，否则要割下他的头来号令，以警后人。

实际上，李逵说的话决非胡说八道。他用自己的表达方式表现了对朝廷的藐视和大无畏的造反精神，“便造反，怕怎地？”卫道者听了这些话，不仅感到刺耳，简直是大逆不道。“杀去东京，夺了鸟位”，分别做皇帝、丞相和将军。李逵虽然没文化，但有关改朝换代的故事，大概听过不少。因此，他急切渴求再来一次改朝换代，打江山，坐江山，“在那里快活，却不好？”梁山英雄不知有多少人内心也盘算着有朝一日打下江山当官过快活日子，只是嘴巴不说出来而已。“大皇帝、小皇帝”的安排，真是妙语惊人。这是李逵特有的想法，别人说不出。也许他不知道“天无二日，国无二君”，也许他知道，但不理这一套。打下了江山，晁盖、宋江两位哥哥怎么安排好呢？一个当大皇帝、一个当小皇帝，像在家里有大哥有小弟一样，不就妥善解决了吗？李逵的无所畏惧的反叛精神常和天真烂漫的幼稚想法结合在一起。他根本不了解人世间的事情复杂得很。皇帝只能有一个，出现两个皇帝即使是亲兄弟也会斗得你死我活。

李逵并不是只会说粗话，他也会讲道理。只是他说的道理比较特别，人们常把他说的话视为狂夫怪论。譬如，他敢面对钦差责问：“写来的诏书是谁说的话？”张干办说：“这是皇帝圣旨。”以为用圣旨的大帽就可以压住李逵。谁知李逵根本不买账，用嬉笑怒骂的口吻嘲弄所谓圣旨：“你那皇帝，正不知我这里众好汉，来招安老爷们，倒要做大！你的皇帝姓宋，我的哥哥也姓宋，你做得皇帝，偏我哥哥做不得皇帝！你莫要来恼犯着黑爹爹，好歹把你那写诏的官员，尽都杀了！”李逵没读过书，他误为宋朝皇帝姓宋，恰好他敬仰的宋江哥哥也姓宋，既然都姓宋，就都有资格当皇帝，这是李逵特有的思维逻辑。人们可以说这个逻辑非常荒谬，但妙就妙在这个荒谬了。如果李逵不是一向蔑视皇帝，不是一向主张“杀去东京，夺了鸟位”，推翻旧王朝，建立新王朝，不是渴望用好皇帝取代坏皇帝，他就不会说出这番话。孙悟空大闹天宫时，喊出“皇帝轮流做，明年到我家”，人们赞颂他敢于向皇权挑战。李逵说“偏我哥哥做不得皇帝”，可说是“皇帝轮流做，明年到我家”的另一种表述，怎么就成了狂夫怪论呢？

《水浒传》最后一回，描写李逵直接找皇帝算账，尤其令人难以忘怀。

这个情节发生在宋徽宗的梦境中。当时宋江、卢俊义已被奸臣分别用水银和鸩酒谋杀，吴用、花荣俱皆自缢身亡。这些梁山首领神聚蓼儿洼，冤魂不散。徽宗梦游梁山泊，宋公明向他倾诉平生衷曲。忽然宋江背后转出李逵，手掿双斧，厉声叫道："皇帝，皇帝！你怎地听信四个贼臣挑拨，屈坏了我们性命？今日既见，正好报仇！"

这个梦很有意思，表现李逵找徽宗算账，不是李逵做梦声讨徽宗，而是徽宗梦中遭受李逵的讨伐。从徽宗的感受里间接反映黑旋风的声威，给人印象更为深刻。

梦中的李逵不找高俅等四贼臣算账，而是直接厉声痛斥"皇帝听信贼臣挑拨"，直接找皇帝报仇。此中隐含的深意，不言自明。

尤其值得注意的是，梦中出现的宋江和李逵，虽属幻影，其言行举止，无不传神。宋江见到皇上，马上跪拜在地，垂泪启奏，乞求怜悯；李逵却直呼"皇帝"，抡起双斧，径奔皇上。两人的态度，形成鲜明的对比。

这个梦情节并不复杂，所表现的内涵却极为丰富，极为深刻。可以把它看成李逵一生的总结，宋江一生的总结，徽宗一生的总结，也可说是一部《水浒传》的总结。

一生反皇的黑旋风，其言其行，说他"狂"是可以的；责其胡闹，则需看看自己站在什么立场。在传统社会里，忠君思想是占统治地位的思想，不仅支配了宋江、卢俊义这类人物的行动，而且也毒害了吴用、阮氏三雄这些人物的神经，甚至连在五台山上修行的老和尚也不能摆脱忠君思想的束缚。智真长老在禅堂里也念起“忠君经”：“此炷香，伏愿今上天子万岁万岁，皇后齐眉，太子千秋，金枝茂盛，玉叶光辉……”联想到岳飞愚忠被害，梁山效忠致毁，李逵从上山那天起，直到死后灵魂出现在徽宗梦中，始终如一地坚持反对专制的帝王（不是反皇权），人们是否应给予较高的评价呢！

鲁智深能救不自救

鲁智深绰号花和尚，这很容易引起误解，以为他是个好色的和尚，因为“花”常与“色”发生关联，什么花姑娘、花为媒、花花公子之类。其实，花和尚对待男女关系很正派，不但自己没有任何邪念，而且对专制统治者侮辱、欺压妇女以及一切淫乱行为，都表现出深恶痛绝的态度。他所以称为花和尚，乃是由于他背上刺有花纹，兼且他身为和尚，却大嚼狗肉，嗜酒如命，完全不守戒律，是个酒肉和尚。

鲁智深虽然不信仰佛教，但他的救世精神比一般和尚强得多。他的人生信条是“杀人须见血，救人须救彻”。前半句有违佛家“不杀生”的戒律，后半句却与佛家提倡救苦救难的精神相通。

金圣叹评点《水浒传》，不满意梁山大聚义所排的座次，照他自己的观点重新评了等级。有些显然不妥当，但评鲁智深为“上上人物”是恰当的。同许多梁山好汉相比，鲁智深在除暴扶弱的思想境界和讲究实效的行动策略方面，的确高人一头。为了进一步认识鲁智深，不妨找几位与之相近的人物作个比较：

鲁智深的反抗精神比林冲强。鲁智深传的末尾，接上了林冲传。林冲见花和尚在大相国寺里练武，连声喝彩。见面不久就结拜为义兄弟，表明他俩在爱武艺、重义气诸方面很投合。其实两人的个性存在很大差异，特别是在反抗黑暗现实的态度上，形成鲜明的对比。林冲受权势人物的迫害，一忍再忍，总下不了决裂的决心。鲁智深疾恶如仇，有恶不除，就如同骨刺在喉没有拔掉那么难受。作者在好些场合有意表现他们的对比。譬如，林冲的妻子在岳庙烧香受到高衙内公开调戏，鲁智深闻讯，提着铁禅杖，引着一班穷朋友大踏步抢入庙来帮忙厮打。有鲁智深相帮，本来是教训高衙内的好机会，但林冲反而劝鲁达息怒，怕“太尉面上不好看”，主张“权且让他这一次”。鲁达说：“你却怕他本官太尉，洒家怕他甚鸟？俺若撞见那撮鸟时，且教他吃洒家三百禅杖了去。”后来林冲遭到陷害和谋杀，在野猪林险些丢命。幸亏鲁智深及时赶到，从董超、薛霸二人的水火棍下救了林冲。依照鲁智深的刚性，定要杀掉两位差衙，摘掉林冲脖子的枷锁，一同远走高飞。董超、薛霸虽然只是执行高俅的密令，不是陷害林冲的主犯。但一路上借势欺人，到野猪林已下了毒手，杀掉他们罪有应得。可是被迫害的林冲，反而代他们向鲁智深求情。再次表现林冲忍辱偷安，仍然幻想有朝一日返东京。鲁智深无奈，只得听从林冲的意愿，放下了差衙。但心中一股怒火无处宣泄，临别声言要打高太尉，抡起禅杖，“把松树只一下打得树有二寸深，齐齐折了”。并目厉声教训两个差衙：“你两个撮鸟，但有歹心，教你头也与这树一般。”林冲的屈辱服刑，更反衬出鲁智深强烈的反抗性格。

鲁智深的胸怀比武松宽。武松血溅鸳鸯楼之后，经菜园子张青介绍上二龙山同鲁智深一块落草。鲁智深和武松两人有许多相似之处。鲁智深是和尚，武松是行者，但都是冒牌货，不是真和尚、真行者。他俩用的武器和这种假身份相关，禅杖、戒刀本是佛物，他俩都违背佛家戒律，用来打杀天下不平人。说到勇武有力，精明强悍，两人也可相匹，鲁智深倒拔垂杨柳，武松手举千斤石磨不喘气。在抗恶除暴方而，似乎也难以分辨高低。武松声称“专打天下不明道德的人”。这句话用在鲁智深身上似乎更合适些。武松打杀的西门庆、蒋门神、张都监，都可说是“不明道德的人”。但武松的出发点，主要是为自己报仇雪恨。在上蜈蚣岭之前，并没有“路见不平，拔刀相助”的事迹。鲁智深不同，他拳打镇关西，大闹桃花山，火烧瓦官寺，大闹野猪林，都不是出于个人恩怨。他所救助的人都素不相识，非亲非故，而是他救助别人，尽心尽力，做到“救人须救彻”，表现了他襟怀磊落，舍己救人的高尚品格。他救金氏父女和救林冲的事迹都极为动人。自林冲遇难入监，他便忧心如焚，到处打听朋友的情况。因在酒店喝酒时发现两个差衙被一个官人请去喝酒，鬼鬼祟祟，形迹可疑，便多方查询，得知林冲将被押往沧州，鲁智深便沿路跟踪，暗中保护，终于救了林冲一命。这些都是武松难以做到的。

鲁智深的应变能力比李逵好。鲁智深是个硬汉子，性如烈火，常用拳头抒发自己心中的怒火，这一点又和李逵的性格近似。不过，鲁智深虽然粗莽，却比较灵活，应变能力比李逵强得多，不像李逵不管遇啥事都“先打后商量”。譬如李逵在高唐州，眼见殷天锡强占柴皇城的花园，便不顾一切，当即把殷天锡揪下马来，不理柴进的劝阻，拳头脚尖一发上，转眼工夫就把殷天锡打死在地。事后，李逵逃回梁山，留下柴进在沧州大牢里吃尽了苦头。要是鲁智深，断不会如此鲁莽行事。打死人闯了祸，也会帮柴进找到脱身之计。他在渭州教训镇关西，出于义愤，拳头用力过猛，只打了三拳，便见郑屠挺在地下，口里只有出的气，没有入的气，脸色渐渐变了，就想抽身走开。但他一点也不慌张，仍大模人样地说：“你诈死，洒家慢慢和你理会。”一边骂一边大踏步走了。鲁智深处事经验之丰富，随机应变的本领，是李逵难以相比的。

鲁智深洞察世情比诸将深。梁山泊里的绿林好汉读书甚少，磨炼甚多，大都通过自己切身的遭遇领悟社会人生，心里都有股怨愤之气。他们恨土豪，恨贪官，恨一切压在百姓头上的恶势力。鲁智深的经历虽然不算复杂，也没读什么书，但他善于动脑筋，因此他看社会问题往往比别人深刻。当宋江提出受招安的主张，遭到李逵等人的激烈反对，不过多半只凭情感，凭直觉，说不出什么道理。武松算是见识较多，说招安“冷了弟兄们的心！”宋江反问：“兄弟，你也是个晓事的人，我主张招安，要改邪归正，为国家臣子，如何便冷了众人的心？”武松无言以对。鲁智深接上话岔，说：“只今满朝文武，多是奸邪，蒙蔽圣聪，就比俺的直裰染做皂（黑）了，洗杀怎得干净？招安不济事，便拜辞了，明日一个个各去寻趁罢。”后来的事态发展证实了鲁智深预见的正确。征方腊归来，宋江、卢俊义都在做升官美梦。宋江预祝鲁智深回京后前程如何美妙，谁料鲁智深冷冷地说：“只得囫囵尸首，便是强了。”不愿跟随回京，后来的事态发展又一次证实了鲁智深判断的正确。

鲁智深是个理想的侠义形象，他救人一世，不是出于逞强好胜，更不是贪图个人的名望声威，而是出于除暴扶弱的正义感。《水浒传》塑造这个形象的成功之处在于虽然理想化，却丝毫没有神化。他救人一世，却没有写成救世主。

鲁智深的力气不可说不大，心胸不可说不开阔，正义感不可说不强烈，但凭个人的力量和黑暗王国较量，未免显得力不从心。说他救不了自己，有三层意思：

一、鲁智深救别人暂离火坑，却保不住自己的饭碗。他为了救金氏父女，打死了镇关西，提辖做不成了；为了救林冲，成了高太尉的眼中钉，连和尚也做不成了。

二、鲁智深为了救别人出黑牢，自己却陷进了黑牢。贺太守贪酷害民，强占良家女子，史进气愤不过，要去府里谋刺贺太守，结果被抓住，陷进黑牢。鲁智深救史进心切，又想以谋刺手段去救史进。武松竭力劝阻，要到梁山求救。鲁智深过于相信个人力量，不听武松相劝，说：“只俺两个拳头，也打碎那厮脑袋。”结果，不但未达目的，自己反而中计，也被打入死牢。幸亏宋江闻讯，带领梁山大队人马前来相救，才把史进和鲁智深救了出来。

三、鲁智深为救人而奋斗了一生，最后终于发现凭个人力量救不了人，跟随宋江带领的梁山军，同样不可能战胜专制的黑暗势力。因此，平方腊归来，他灰心绝望，不愿再跟随宋江回京。出路在哪里？茫茫然。未几，在杭州六和寺坐化。

鲁智深行侠之奇

古代社会只有专制没有自由。为了维护统治，官方的宣传教育拼命灌输服从意识：儿子服从老子，妻子服从丈夫，平民服从官吏，一切臣民都得无条件地服从皇帝。听从这一套，就只能做驯服的奴才。可是，人世间有太多的不平，被压迫者心中有太多的积愤。怎么办呢？自己不敢奋起反抗，也无力反抗权势者。只好把希望寄托在“路见不平，拔刀相助”的侠义英雄身上。

鲁智深也是个侠义英雄形象。这个形象塑造得有血有肉，比较成功。尤其在常与奇的结合上，融合得比较好。他的行侠仗义，除暴安良，虽奇而不失真。不像其他一些小说里的剑侠，飞檐走壁，取人头于千里之外，虽奇而不可信。譬如，“拳打镇关西”一场，就写得富有浓厚的生活气息，有情有趣，在平凡的题材里写出不平凡的文字。

入手平平无奇。写鲁达在渭州小种经略相公府当提辖，在街上遇见九纹龙史进，又碰上史进的师父李忠，便邀他们到酒店喝酒。三个人喝了几杯，正说得投机，只听得隔壁阁子里有人哽哽咽咽啼哭。这种情形在封建社会是常有的事，一般人只管喝自己的酒，不予理会。但鲁达不同，他越听心里越焦躁不安，便把碟儿盏儿摔在地板上，责备酒保搅扰他们喝酒。表现鲁达个性刚烈而急躁。酒保唤金老父女过来。听完金女的哭诉镇关西对她的凌辱，鲁达再也坐不住。当即交代史进、李忠："你两个且在这里，等洒家去打死那厮便来。"鲁达不能容忍世间有这种伤天害理的事存在。接下去如果写他立即跑到肉店挥动铁拳三几下便打死了那个为非作歹的镇关西。无论情节安排，还是人物性格，似乎也说得过去。但这样的行侠仗义，不会有多少吸引力。

《水浒传》笔墨之妙，在于生活根底深厚。史进、李忠怕鲁达惹祸，三番四次劝阻他。鲁达的满腔怒火暂时平息了下来，想到如何救助金老父女，从口袋里摸出了五两银子，又向史进借了十两银子，送给金老父女作盘缠。回到住处，"饭也不吃，气愤愤地睡了"。这就是鲁达。听了金女的哭诉，他浑身都感到难受。

第二天，天还没亮，他已赶到店房，照料金老父女返乡的事。唯恐店小二赶去拦截，他特意从店里搬条凳子，在店门口坐了两个时辰。一个性急如火的鲁达，为了素不相识的金老父女安然回乡，竟有耐性在那里静坐两个时辰。

鲁达估计金老父女走远了，才起身径往状元桥。他到了肉店，并没有立即动手打郑屠，甚至也没有开口痛骂郑屠。更不像一般侠义小说那样，为了表现侠义英雄的武功特技，大斗几十个回合。

鲁达如同现实生活那样，他来到肉店门口，大喊一声："郑屠"，郑屠见是鲁提辖，赶忙走出柜台，躬身唱喏，请"提辖恕罪"。命副手搬张条凳，叫"提辖请坐"。这都是生活里必有的礼节。鲁达坐了下来，不像前来打镇关西的样子。随后，他一本正经地说："奉经略相公钧旨，要十斤精肉，切做臊子（肉粒），不要见半点肥的在上头。"郑屠不知鲁提辖前来教训他，乖乖地遵命照办了。精肉切完，鲁提辖又提出再要七斤肥的，"不要见些精的在上面，也要切做臊子"。郑屠有些纳闷，但这是经略相公之命，不敢不从。切完肥肉，鲁提辖又再要"十斤寸金软骨，也要细细地剁做臊子，不要见些肉在上面"。这显然是有意刁难，郑屠已晓得鲁提辖在戏弄自己，不过仍然强压住火气，笑脸相陪地说："却不是特地来消遣我。"鲁达就等他说这句话，睁大双眼，狠狠地瞪着郑屠说："洒家特地要消遣你。"从他的语气里可以听出这样的含意：你平日惯于欺负平民百姓，今日我鲁达就是特意来消遣消遣你，让你也品尝一下被人欺侮的滋味。说着就把两包肉粒朝郑屠的脸上扔了去，顿时好像下了一阵肉雨。郑屠切了大半天的肉粒，到头来变成肉雨，洒得自己满头满脸都是。打抱不平是常有的事，到这里已变为奇事奇行。

镇关西平生从来没受过这么大的侮辱，这时，“两条忿气从脚底下直冲到门心头。那一把无明火焰腾腾地按纳不住”。这正合鲁达的需要，他这趟来就是要激怒镇关西，引他跳出来，以便狠狠地教训他一番。郑屠手里拿着尖刀，气势汹汹地冲了过来。但他根本不是鲁达的对手。鲁达挥动拳头，三拳就把他打死了。这三拳的描述，很有特色，拳拳击中要害。有许多文章具体分析这三拳之妙，这里不必重复。

鲁达为什么三拳就能打死横行一世的镇关西？因为他的每一拳都灌着满腔的义愤。读者每读至此，都不禁为鲁达喝彩：打得好！打得痛快！真是叫人解恨的三拳。

“大闹五台山”的深意

鲁智深出场较早，从第三回到第八回，作者连续写他五次大闹。一闹渭州城，拳打镇关西；二闹五台山，醉酒毁金刚；三闹桃花村，痛击小霸王；四闹瓦官寺，杀了恶道士；五闹野猪林，刀下救林冲。这五闹的故事，可说是一篇鲁智深传，生动传神地描述了鲁智深的性格发展。

五闹之中，前后都是表现鲁智深除暴安良、仗侠行义。唯独“大闹五台山”有点特别，只写他喝酒吃肉，醉打山门。那么，为什么要在拳打镇关西和大闹桃花村之间，插进这一段大闹五台山？

明代袁无涯在《回末总评》中说：“赵员外剃度鲁达，非仅教以避难也。只因其刚心猛气，姑劝他做和尚，庶几可以摧抑之。”也就是说，要用佛门的清规消磨鲁提辖的反抗意志，从而改变其思想性格。赵员外的愿望实现了没有呢？

鲁达跟赵员外上五台山，入文殊院。众僧见他“相貌凶顽”，认为“不可剃度，恐久后累及山门”，不同意收他为僧。智真长老看在施主赵员外的面上，说了一通玄妙的高论，决定收他为徒。照规矩必须剃光须发。可是鲁达胸中的怒火未熄，要求净发人留下胡须，保留他憎恨黑暗现实的本来面目。长老不同意，大喝一声：“咄！尽皆剃去！”结果，当然是“寸草不留”。但须发剃了，六根未必就能清净。

当和尚也不容易，要遵守佛门的“三归”“五戒”。长老问鲁达能否做到？鲁达已得了法名智深，穿上法衣袈裟，但心里根本不想当和尚，更不想照佛门的清规戒律行事。不过，事出无奈，只得敷衍应付。因此，他既不说能，也不说否，巧妙地回答说：“洒家记得。”答非所问，在憨拙的话语中曲曲道出无可奈何的悲哀和明知做不到又不愿说假话的纯真性格。

俗语说：“做一天和尚撞一天钟。”但鲁智深当了和尚，却既不念经打坐，也不击鼓撞钟。和尚们都去坐禅，他却往禅床上扑倒便睡，放翻身体，横罗十字，做他云游四方的美梦。怎能设想这样一个疾恶如仇、性烈如火的人愿意躲在幽静的寺院里坐禅念佛敲木鱼？当他被引进香烟袅袅的文殊院，恰似一头狂怒的野狮，突然间被关进了铁笼。随之而来的必是狂跳和怒吼。

当然，鲁智深的性格既像野狮，又毕竟不是野狮。拳打镇关西的过程，人们还可见他善于思考的另一面。因此，他初上五台山，并没有狂跳和怒吼。他冷静地处理当时危急的情势，强按住内心的怒火。他明知出家当和尚，将失去行动的自由。可是，他同样明白，袈裟对逃犯来说，是最好的保护衣。

问题在于，暴烈的性格可以忍耐于一时，却难以压制于长久。官府追捕的压力稍为松弛，鲁智深稍为不控制自我，狂放的个性与佛门的清规必然发生尖锐的冲突。佛门讲吃素，禁止吃荤。他不理这一套，找到机会照样大碗喝酒，大块吃肉，而且吃的是狗肉，还将剩的一条狗腿，揣在怀里带回寺院。在他脑里，不存在戒律二字。当着众僧的面，照样扯着吃狗肉，吓得众僧目瞪口呆，忙把袖子遮脸，躲开不敢看。这更惹怒了鲁智深，一步上去揪住和尚的耳朵，将狗肉硬往和尚嘴里塞。

如果说大嚼狗肉还多少含有谐谑的味道，那么，醉打金刚则极其鲜明地表现了鲁智深的反叛性格。四大金刚即四大天王，是佛寺前厅的护法神。倘若只是表现鲁智深的醉后失态，完全不必牵扯上这些神像。但当鲁智深喝醉回山，敲门不开时，作者用特笔写了这么一段：

扭过身来，看了左边的金刚，喝一声道："你这个鸟大汉，不替俺敲门，却拿着拳头吓洒家！俺须不怕你！"跳上台基，把栅刺子只一拔，却似撅葱般拔开了；拿起一根折木头，去那金刚腿上便打，簌簌地泥和颜色都脱下来。门子张见道："苦也！"只得报知长老。智深等了一会，调转身来，看着右边金刚，喝一声道："你这厮张开大口，也来笑洒家。"便跳过右边台基上，把那金刚脚上打了两下，只听得一声震天价响，那尊金刚从台基上倒撞下来，智深提着折木头大笑。

这爽朗的笑声，表现了鲁智深对神佛偶像的高度蔑视。四大金刚，在善男信女们的心目中，是何等的神圣威严，多少人向着它顶礼膜拜。可是，在鲁智深眼里，只不过是泥塑木雕的偶像，经不起他的三踢两打，便攧得粉碎，化为一堆碎木烂泥。

鲁智深醉打金刚的举动，是对神佛的大胆挑战！此后，他斗志更足，冲破大门，直闯佛院僧堂，推翻供桌，怒打众僧，把文殊院闹得天翻地覆。

赵员外企图消磨鲁达狂放个性的愿望落空了，相反，经过五台山这次大闹，他的反叛性格更为强化。从这个角度看，"大闹五台山"，可说是鲁智深反叛性格的胜利。

醉打山门之后，鲁智深下山请求铁匠替他打禅杖戒刀。人们大概不至于发生误会，以为是他信佛的转机。佛家虽有禅杖，但从来没听说要打得像关云长的大刀那么重的禅杖。显然，鲁智深持禅杖而不是参禅，佩戒刀而是守戒。他只是为日后下山准备好除暴安良的有力武器。后来的事实也证明了这一点。他用禅杖狠狠教训了强娶民女的小霸王周通，用禅杖打杀了瓦官寺两个作恶多端的和尚道人，在野猪林里，也是靠禅杖打掉董超薛霸的水火棍，在千钧一发之际救了林冲。正如《水浒传》第三回末所预示：禅杖打开危险路，戒刀杀尽不平人。从这个角度看，“大闹五台山”，将促使鲁智深更快地向梁山靠拢。

武松的觉醒

如果在梁山一〇八好汉中选一名勇士，相信很多人会选武松。

武松和武大郎是同胞兄弟，但两人的形貌差别甚大，武大郎长得矮小，而武松却“身长八尺，一貌堂堂，浑身上下有千百斤力气”。这种强烈对比，使武大显得更矮小，武松更为高大。

武松是景阳冈上的打虎英雄。《水浒传》用了十回书为他立传，描述了他斗杀西门庆、醉打蒋门神、血溅鸳鸯楼等一系列英雄事迹。李卓吾赞武松“真是个顶天立地的汉子”。金圣叹则称之为天人、神人。

武松的勇武神力确非常人所敢相比，但他同样具有常人的弱点和错误，决非天人、神人。由于作者对他英雄的一面极力加以强化，而对“狗雄”的另一面采用弱化处理，因此，一般读者往往只注意他的英雄行为，却忽略了他的弱点以及克服弱点的过程。

打虎是英雄，但在社会斗争中就未必是英雄。梁山好汉没有一个是天生的英雄，都经过血与火的洗礼，走过艰难而曲折的人生道路。武松也同样经历了社会风风火火的磨炼，最后才上了梁山成为英雄。这种写法正是《水浒传》的深刻之处。这里不妨跟着武松的足迹，看他怎样尝尽人间的酸、甜、苦、辣，终于找到自己的人生归宿。

只凭赤手空拳打死了凶猛的吊睛白额虎，打虎英雄的称号，武松当之无愧。不过，武松并不像有些人所说的“明知山有虎，偏向虎山行”，有意要为民除害。初时，他不相信真的有虎，看了县府的印信榜文，方知端的有虎，但怕回去“吃店家耻笑”，才硬着头皮上山。武松个人意识特强，好出风头。他拼着一股劲打死了老虎。庄客把他看成了了不起的打虎英雄，用大轿抬着他游行，他洋洋自得，神气十足。阳谷知县称赞他为壮士，要抬举他为本县都头（以巡捕为劳），他立刻跪拜在地，谢道：“若蒙恩相抬举，小人终身受赐。”随后，知县差遣他送搜刮得来的赃款赃物到东京去，以谋个升转。武松没有任何推辞，当即答应道：“小人得蒙恩相抬举，安能推故？既蒙差遣，只得便去。”他扮演了极不光彩的走狗角色。这样称呼，未免太难听，对英雄有失敬意。但《水浒传》在描写武松打虎之后，特意叙述走东京送贿赂的事，分明存有贬意。换鲁智深或别的英雄，未必肯干这种见不得人的丑事。

武松从东京回来，武大郎已被害死。武松经过多番查证，得知是阳谷县恶霸西门庆和嫂嫂潘金莲通奸，合谋毒死武大。他从仵作何九叔那儿得到武大两块中毒稣黑的尸骨，前往县衙告状。谁知刚刚为之效命的知县，翻脸不认人。武松不明白：武大两块焦黑的骨头怎抵得上西门庆在地方上的权势和白花花的银两。于是，满怀希望的武松碰了一鼻子灰。

既然知县不准所告，武松只好凭自己的机智和勇力，以他奇特的方式私设公堂审案，取得当事人潘金莲的口供和左邻右舍的旁证，然后亲手杀了潘金莲和西门庆，为哥哥报了仇。他明知知县偏袒有权有势的西门庆，却仍存幻想，以为口供罪证掌握在自己手里，知县没有理由不依法判断。因此，提了两颗人头，前往县衙投案。武松这种行为，固然含有大丈夫敢作敢当的动机，但也表明此时的武松，脑子里没有丝毫反抗官府的念头。鲁达打死镇关西和李逵打死殷天锡，都一走了之。武松相信官府秉公执法，得到的是流放孟州。

武松流配到孟州安平寨，原有的囚徒一见面就通报牢城的规矩：新来的囚徒要打杀威棒，若没有银两送与差拨，棒打得七死八活，狼狈不堪，还有更厉害的土布袋、大铁链，弄得你“求生不得生，求死不得死”。武松毕竟是硬汉子，杀威棒之类的酷刑并没有使他皱眉头，他甚至以调侃的口吻故意要求“要打便打毒些，不要人情棒儿，打我不快活”。表现出一种江湖好汉不怕磨难的非凡气概。

武松端坐在牢房里等待尝尝杀威棒的威力，见识见识土布袋的花样。想不到等来的不是杀威棒和土布袋，而是管营送来的美酒、煎肉和鱼羹。杀威棒没有吓唬住武松，施恩的笑脸、吹捧和迷魂汤，却把他糊弄得晕头转向。没等施恩开口，武松已主动表示“便是一刀一割的勾当，武松也替你去干”。一点儿不错，施恩送酒送肉并不是为了奖赏武松打虎除霸有功，他的笑脸和酒肉想换得武松的一双铁拳头，替他从蒋门神手里夺回快活林酒店。武松问：“那蒋门神有几颗头、几条手臂？”施恩道：“也只是一颗头，两条臂膊，如何有多？”武松笑道：“我只道他三头六臂，有哪吒的本事，我便怕他；原来只是一颗头，两条臂膊！既然没哪吒的模样，却如何怕他？”紧跟着，武松喝足了酒，替施恩醉打蒋门神。快活林酒店是被夺回来了，但武松压根儿没想一想，施恩和蒋门神之间究竟有没有区别？武松头脑里只有浓厚的恩仇观念，有恩报恩，有仇报仇。至于是非正邪，大霸小霸，在他的神经里，似乎还缺少这根弦。作为施恩的打手，武松在醉打蒋门神中确实打出了威风。有人称赞武松这行为是反专制的英雄行为。人们可以反问一句：帮助这一霸去打那一霸，可以称之为反专制的英雄行为吗？

蒋门神逃出快活林，暗中嘱托义兄弟张团练买通孟州守御兵马张都监，设计陷害武松。张都监毕竟是官场的老手，他欲害武松，却先赞他“大丈夫、男子汉、英雄无敌”，并提拔他为“亲随体己人”，还许诺将心爱的养娘玉兰配给武松，使得武松感激涕零地称之为恩相，堕入他的圈套。可是一旦撕掉骗人的面纱，露出吃人的凶相，武松之愤怒可不问而知。结果怎么样呢？等待张都监的只能是“血溅鸳鸯楼”。

经过多次的教训，他终于看清了张都监等人的真面目，当面吹他上天，背地里送他入地狱。他再不向官府自首了。杀了张都监、张团练、蒋门神以后，衣襟蘸血，在白粉墙上，写了八个大字：“杀人者打虎武松也”。然后奔往二龙山落草。

有人说：武松从此便成为坚定的造反者。这种说法与武松的实际并不相符。古代的人，要走与官府决裂这步棋是很难的事。武松和宋江在孔家庄议论准备投奔二龙山入伙时表示：“天可怜见，异日不死，受了招安，那时却来寻访哥哥未迟。”受到宋江的一番鼓励。可见，武松虽然决定投奔二龙山，只是暂时落草为寇，等待时机，归顺朝廷，还没有和官府决裂的意思。

武松在二龙山，又经历了三山聚义打青州等磨炼，上梁山后思想发生了重大变化。当宋江在“菊花会”上提出受招安的主张，第一个站出来表示反对的是武松。乐和代唱招安词话诗刚落，只见武松大声表示不满：“今日也要招安，明日也要招安，冷了弟兄们的心！”宋江万万没有料到不久前在孔家庄同他倾诉招安心曲的武松，竟然带头站出来反对招安。

武松可贵之处不只因为他是个敢作敢为的勇士、有仇必报的大丈夫，更在于他勇于接受各种严酷的挑战，不断克服自身的弱点，不断超越自己，终于成为著名的梁山英雄。

武松打虎成功的奥秘

老虎是兽中之王，奔驰如风，吼声如雷，狂暴而凶猛，使人不免谈虎色变。像景阳冈上的吊睛白额虎，更是虎中之王。这只老虎的出现，已经坏了二三十条大汉的性命，使阳谷县衙也为之震惊，不得不出告示，每天限定三个时辰，客商才准结伴过岗，并命令猎户限期捕获。但众多的猎人从未遇见过如此凶猛的大虫，各种武器、办法都用上，仍然束手无策。

面对这样的虎中之王，武松只凭赤手空拳，能不能把它打死呢？夏曾佑认为不可能，他说："夫虎为食肉类动物，腰长而软，若人力按其头，彼之四爪可上攫，与牛不同也。若不信，可以以猫为虎之代表，以武松打虎之方法打之，则其事之能不能自见矣。"（《小说原理》）这种怀疑不无道理。笔者曾为这事专门请教过一位老猎人。他也认为不大可能。理由是力量对比太悬殊。像这样大的老虎有几百公斤重，它的脚爪如同一把把锋利的尖刀，行动又相当灵活，当它扑过来时，人很难抵挡得住。笔者只好请他读一读《水浒传》武松打虎的故事。他翻来覆去读了几遍，点点头说：像《水浒传》这样写法，不好说不可能。关键在于武松避开了老虎一扑、一掀、一剪的虎威。敏捷地利用了老虎扑过来两只前爪搭地还没有跳起来的一刹那，快速地两只手就势把大虫顶花疙瘩揪住，一按按将下来。在这种特定情况下，老虎的头和前脚被武松死按在地上，难以用力，施展不了虎威。即使如此，武松也不敢半点儿松懈。他两只手拼尽力气按住，只用脚朝老虎的眼睛脑门狠命地踢。这时，老虎尽管发怒咆哮，用力挣扎，只能在脚下扒起两堆黄泥，挖了个土坑。这就更好办了。武松把老虎的嘴直按到黄泥坑里去，老虎便不可能再施展雄威。武松深知老虎的厉害，他的一举一动，不但表现了他胆大力大，勇武顽强，而且可以看出他聪明机智，善于借力。他和大地合作，才制伏了老虎。如果稍为放松，让老虎挣脱，恐怕很难再碰上这么好的机会。这只吊睛白额虎给武松的机会，估计只有十分之一秒。就这么一刹那，恰好给武松抓住了。因此，武松打虎便成功了。《水浒传》写得这样入情入理，不能不叫人信服。

有关武松打虎的鉴赏文章有很多，但从没见过这样的分析，实在很有启发性。《水浒传》已将生活的可能性转为艺术的可能性。艺术创作除了遵循现实生活逻辑，还可以表现情感逻辑和理想逻辑。有些事情，现实生活并不可能，由于注入了作者的愿望和理想，不可能终于变为可能。譬如,《牡丹亭》里的杜丽娘，在梦中找到情人，后来为情而死，死而复生，实现了美满的姻缘。这些，在现实生活里，显然不可能。由于作品强烈地表现了青年男女追求自由爱情的渴望，人们并没有非议这出戏的虚假不可信。武松打虎，也应作如是观。

《水浒传》描写武松打虎之所以特别动人，不只是它写得真实可信，更重要的是它把武松写活了。为了写活武松，作者采用了各种艺术手段，具体地描写武松在什么情况下遇到老虎，遇到什么样的老虎，打虎过程以及前前后后有什么心理活动，都一一诉之笔端，从而在读者心目中牢牢地树立起打虎英雄的武松形象。不像别的小说，为了突出打虎的英雄行为，只是一味地夸张打虎者的神奇。如《东周列国志》写杜回“曾于青眉山，一日拳打五虎，皆剥其皮以归”。《说唐》写雄阔海“双拳伏两虎”。《虞初新志·万夫雄打虎传》写万夫雄手拔大树击死二虎。《杨家将演义》写张奉国踢死一虎。结果，虽然神奇，却不可信。既没写活老虎，更没写活打虎的英雄。尽管一日之内，连打五虎，但人们并没有称之为打虎英雄。

《水浒传》的写法完全不同。武松是费了九牛二虎之力才打死一只老虎。作者着力于写活老虎，写活打虎的武松。

先说写活老虎。

作者写老虎不从老虎外貌之凶猛、张牙舞爪之吓人入手，首先从环境气氛落笔。武松还没上景阳冈，已从酒店主人口里知道景阳冈新来了一只吊睛白额大虫，早晚出来伤人，已坏了二三十条大汉性命。接着从树皮上的告白、山神庙前的县府告示，逐步渲染老虎出没伤人的气氛。因此，当武松在落日时分走进乱树林之时，读者已感受到猛虎的严重威胁。武松醉卧在大青石之上，放翻身体却待要睡，只见忽起一阵狂风，读者都知道："龙生从云，虎生从风"，这时心中不免一惊：老虎来了！果然不出所料，那一阵风过了，只听得乱树背后扑地一声响，跳出一只吊睛白额大虫来。写老虎的出现很有声势，气氛很浓，处处扣紧老虎的活动特点，先吹来一阵风，然后是扑地一声响，这是老虎特有的行径，熊、狼、马、驴跑来就不会有风，也不会是"扑地一声响"。接着写老虎朝武松一扑、一掀、一剪，都无不生动地描写出猛虎的神威。作者意犹未尽，在武松把老虎打死之后，又从猎人的惊慌神情里，进一步渲染这只老虎往日的厉害。还有知县严令猎户捕捉，猎户也因此被吃了七八个，乡民听说武松打死老虎而欣喜若狂，无不间接地写出此虎非同寻常，其凶残，其猛烈，其神威，堪称虎中之王。

再说写活打虎的武松。

写老虎，正是为了写武松。作者极力突出吊睛白额虎的凶猛，正是为了显示武松是个了不起的打虎英雄。但《水浒传》并没有像一般小说那样凭空拔高打虎人的英雄气概和高超本领。相反，描述武松曾经犹豫过、惊讶过、害怕过，真实地表现了武松打虎前后的内心活动。武松走到山神庙前，见县府榜文，盖有大印，相信真的有虎，不是店家骗自己，想返回去又怕店家耻笑，只好硬着头皮上山，自言自语道：“怕什么鸟，且只顾上去看怎地”，说这话如同半夜过坟堆吹哨子，给自己壮胆。猛虎突然出现，他不免大吃一惊，翻下青石来，表明他是在猝不及防的情况下与猛虎搏斗的，正好表现出他的镇定和敏捷。好不容易打死了老虎，用尽浑身力气，手脚苏软，突然又见跳出两只老虎来，武松不得不害怕起来，猎人见武松更是惊讶不已，问他是人是鬼，这一切表明武松刚才打死吊睛白额虎，确非易事。别的小说写打虎甚易，作者原意是要抬高打虎人的勇武神威，读者却不承认这种打虎英雄；《水浒传》写武松打虎甚难，说他曾经犹豫过、惊讶过、害怕过，读者却公认他是真正的打虎英雄。这也许就是艺术辩证法吧！

鼓上蚤是有用之才

为了梁山事业的发展，梁山泊首领曾经广泛搜罗各种有用之才。这种做法受到普遍的赞颂。尤其在古代人才经常遭到压制、扼杀的情形下，《水浒传》倡导的“随才器使”、用其所长的人才观更易引起人们的共鸣。

时迁是个梁上君子，绰号鼓上蚤。他的专长“是做些飞檐走壁，跳篱骗马的勾当”。梁山首领晁盖虽然容纳三教九流各色人才，但对“鸡鸣狗盗”之徒却极为反感，并没有像孟尝君那样把这种“特殊人才”也加以收罗重用。

时迁上梁山，和别的英雄好汉上梁山又有所不同。他的偷技虽然高超，但在社会上也不容易混下去，想投奔梁山谋个出路。到了郓城祝家客店，肚子饿得难受，偷了报晓鸡充饥，被祝家庄的人捉住。同行的杨雄、石秀直奔梁山求救，引发了梁山军三打祝家庄的一场恶战。

时迁投奔梁山泊，有三个预想不到：

一、他以为绿林好汉聚集的梁山泊，打家劫舍应是家常便饭，他鼓上蚤骗、抢、偷、盗，都是拿手好戏，前往投奔梁山泊，哪有不受欢迎之理。他万万没料到，梁山不同于一般的强盗山，晁盖上山当了寨主以后已约法三章，纪律严明，不许扰民害民，不得破坏梁山声誉。上山报信的杨雄、石秀受时迁所累，晁盖传令将他两人“斩讫报来”，差点丢了脑袋。幸亏宋江等头领极力相保，才化险为夷。

二、既然梁山大军纪律如此严明，时迁的专长恐怕难以发挥，偷鸡摸狗、跳篱骗马的营生，再也用不上，只好洗手不干，暂时做个喽啰，跟着头领们冲冲打打，有机会的话，也学学十八般武艺，好图个进步。他万万没料到在破呼延灼连环马的战斗中，急需善使钩镰枪的徐宁，宋江竟派他去盗徐宁心爱的宝贝——雁翎锁子甲。这个差使对他再合适不过了，他巧施了“夜静穿墙过，更深绕屋悬”的特有本领，顺顺当当完成盗甲使命，为赚徐宁上山立了大功。

三、当年梁山泊，五湖四海的英雄好汉望风而来，绿林丛中文武人才济济。其中有手刃陆谦、火并王伦的豹子头林冲，倒拔垂杨、威震关西的花和尚鲁智深，景阳冈上的打虎英雄武松，飞石打人、百发百中的没羽箭张清，百步穿杨、巧中雁头的小李广花荣以及混江龙李俊、浪里白条张顺等，难以一一尽数，真是天下英雄云集梁山，时迁若论枪刀剑戟，都是外行。梁山排座次，五虎将固然轮不到他，水军头领，他也不敢问津。安排他当个小头目，他已心满意足，岂敢有非分之想。他万万没有料到宋江竟然看重他的特长，委派他担任军中走报机密步军头领，专司刺探情报的要务，成为一百〇八将中重要的一员。时迁接到委任，心头乐滋滋的，感到这正投合他的口味，应好好显示显示自己的本领，千万不要辜负梁山首领的信任。攻打大名府，正是机会，军师吴用认为“为头最要紧的，是城中放火为号”，因此特派他乘机潜入城内，火烧翠云楼。这和跳篱偷马的差使差不了多少，他干得很出色，又立了头功。

梁山首领宋江和军师吴用知人善任真有一套本领，除了文武全才、专才、偏才，就是下九流都敢用能用。世人学问千万种，人才学恐怕是最为复杂最为高深的了。能用好人才本身就是一种难得的人才。说到使用人才，有些好用有些不好用。拿梁山泊来说，有三种人才好用，两种人才不好用。

哪三种人才好用呢?

第一种是智囊型的人才，如智多星吴用。因为他学识高，脑袋里装的主意多，出谋划策，制定方略，都是梁山军需要的，不但别人难以代替，就是首领宋江自己也无法取代，因此不能不拜他为军师，听取他的奇计良谋。

第二种是武艺型的人才，如林冲、武松、杨志。打仗要靠这些武艺高强的武将，不用这些人就要吃败仗。谁当首领都会重用这些人才。

第三种是专家型的人才，如神医安道全要靠他治病，轰天雷凌振要靠他造炮，神算子蒋敬要靠他理财，紫髯伯皇甫端要靠他养军马……谁当首领都会用其专长，除非愚昧透顶才会让安道全去养马，叫凌振去理财。

哪两种人难用呢?

一种是顶撞型的人物如李逵。首领说的话，他听不顺耳，就当面顶了过去，不分场合，不顾情面。首领如果没有开阔的胸怀，民主的风度，就一定不愿用也不会用这种人。

另一种可称为“牛溲马勃”型的人才，如时迁、金毛犬一流人物，谈不上有什么特别的专长，而且缺点错误甚多，不是良医型的首领，缺乏高明的领导艺术，对这类人才必弃之不用。

令人惊奇的是宋江、吴用对前三种人后两种人都能做到知人善任，避其所短，用其所长。特别对后两种人，看似无用甚至有害的人物，到了他们手里，都可以转化为有用之才。

当然，用人也不只是技术问题，跟用人者的政治眼光文化素养密切相关。宋江容得下敢于顶撞首领的李逵，表现了他广阔的胸怀。但并没有发挥李逵应有的作用，也没有采纳李逵正确的主张，从而导致梁山军的惨败，这是宋江的局限。从这个角度看，《水浒传》又以生动的事例为人才学的研究，提供了宝贵的正反面的经验教训。

谈笑杀人的母夜叉

孟超先生在《水泊梁山英雄谱》里为孙二娘写了一首新赞：“不用生菜，不须猪羊 / 人肉馒头开作坊 / 谈笑杀人的母夜叉 / 也就是梁山泊上救人危难的孙二娘！”这里借其中第三句诗为题，浅谈几句有关孙二娘谈笑杀人的问题。

孙二娘的出身和经历和一般妇女不同。她父亲是个“专一剪径”的强盗，年老时收了菜园子张青为徒弟，教了他许多本事，并把孙二娘许配给他。孙二娘也从父亲那儿学了不少拳脚功夫。父亲死后，生活没有着落，便和丈夫在十字坡盖些草屋，挂了张酒旗，实际开的是黑店，只等客商过往，只要有机可乘，便把蒙汗药掺进酒里，麻翻了客人，将大块好肉，切做黄牛肉卖，零碎小肉，做馅子包。干这种营生，实际上和杀人越货的强盗没有两样。梁山泊聚义，高举替天行道大旗，除暴安良，劫富济贫，和一般占山为王的强盗有明显的区别，为什么同意接纳开黑店任意杀人的张青夫妇为梁山军头领呢?

第一，孙二娘开黑店是受黑暗社会所逼，和梁山好汉有相同的命运。孟超先生说得好：“在杀人的世界，逼得菩萨开杀戒，吃人的社会，逼得吃长斋的老和尚吃人肉；如果在合理的世界，合理的社会，孙二娘是多么伶俐能干的角色，她务农可以做个好农家婆，她开店铺能够做一个好老板娘，世上绝无天生的借杀人逞能，拿包人肉馒头做生意的人，谁简单地只从表面上去看十字坡，可就容易受着蒙蔽了。”张青夫妇所处的社会，连正直善良、武艺超群的林冲、鲁达、武松等人尚且没有立足之地，何况孙二娘是强盗的女儿，张青是强盗的女婿，除了开黑店，还有什么活路可走呢？！

第二，孙二娘并非见人就杀、见财就抢。张青夫妇定下三不可杀的规矩，除了沦落江湖、命运坎坷的云游僧道和妓女两种人以外，第三种是“各处犯罪流放的人”。他们认为“中间多有好汉在里头，切不可坏他”。表明他们对被压迫者充满同情心，和梁山好汉的心是相通的。

第三，孙二娘在谈笑杀人的同时，不忘救助危难的好汉。武松血溅鸳鸯楼以后，躲到张青酒店避难。后来青州官军搜捕紧急，张青劝他投奔二龙山，写了推荐信。但官府到处张贴画影图形的文书，要捉拿武松。风声紧，罗网密，武松脸上两行金印，一路上如何瞒得过官军的追捕？张青武松都很犯愁，最后还是孙二娘想出了装扮成行者的好计谋。

所有这些，都是孙二娘日后投奔梁山的思想基础，也是梁山军欢迎她上山的原因。

没有女人味的顾大嫂

专制时代不许人有个性，顺从专制统治者的意志成为人的天职，妇女更是如此。《三国演义》不是专写妇女题材的小说，但从中也可见古代妇女的命运。它虽然写了各色各样的妇女，但无论社会地位高低，有名有姓的妇女一个也没有。有名无姓的只有貂蝉一人。大量是有姓无名的人物，如孙夫人、邹氏等，甚至还有一些连姓也没有，只称为某某妻，如刘安妻等。这种情形，既反映了古代妇女的无权地位，也表现了作者的陈旧观念。

《水浒传》里的顾大嫂，虽然也是有姓无名的妇女，但她以自己的言行显示其独特的个性。在劫狱抢救解珍解宝的行动过程中，她是决策者、组织者和指挥者，参与行动的男子汉都成为她的陪衬人物。在专制时代塑造顾大嫂这样的妇女形象，可以说是一个突破。

有人说，顾大嫂好是好，可惜没有多少女人味。问题在于女人味指的是什么？

如果女人味指的是软弱无能、弱不禁风的话，那么顾大嫂个性泼辣、勇猛、坚毅，连一般男子汉也不敢与她相比，当然谈不上什么女人味了。

当出林龙邹渊提议劫牢后投奔梁山入伙时，当即得到顾大嫂的响应，并以她独特的说话方式发表意见说：“最好！有一个不去的，我便乱枪戳死他。”这和李逵在江州劫法场响应宋江投奔梁山说的话：“都去，都去！但有不去的，吃我一鸟斧，砍做两截便罢！”神态口吻多么相似，难怪金圣叹连声赞叹，直把顾大嫂称为“母旋风”！

如果女人味是指夫唱妇随，俯首帖耳甘当丈夫的家庭奴隶的话，那么，顾大嫂和丈夫孙新的关系更像江湖结义兄弟，当然谈不上有什么女人味了。

解珍在死牢里要求铁叫子乐和将自己蒙冤入狱传信给顾大嫂。乐和是孙立提辖的妻弟，照解珍的要求，找到顾大嫂，她便和丈夫商量救援的事，说：“你有甚么道理，救我两个兄弟？”直称丈夫为“你”，没有半点男尊女卑的味道。孙新提出唯有劫牢的办法，顾大嫂马上说：“我和你今夜便去。”孙新笑道：“你好粗鲁。我和你也要算个长便，劫了牢，也要个去向。……”两口子有商有量，说话口气如同朋友。最后孙新主动提出找登云山绿林好汉邹渊、邹润帮忙，顾大嫂高兴得连夜宰猪摆酒，欢迎两班好汉的到来。

如果女人味是指遵从传统礼教、闭守深闺，不问世事的话，那么，顾大嫂不仅有违“妇德”，而且已非“良民”，更谈不上什么女人味了。

顾大嫂不仅积极策划救出陷入黑牢的解珍解宝，而且设计骗来大伯孙立，要求他协助劫牢，一块儿投奔梁山。作为登州提辖孙立没有任何思想准备，一时不知如何是好。顾大嫂规劝说：“若伯伯不肯去时，我们自去上梁山泊去了。如今朝廷有甚分晓，走了的倒没事，见在的便吃官司。常言道：‘近火先焦’。伯伯便替我们吃官司坐牢，那时又没人送饭来救你。伯伯尊意如何？”话里劝中带逼，意在激发孙立一同上梁山。孙立一时转不过弯，说：“我却是登州的军官，怎地敢做这等事！”顾大嫂为救二解兄弟，只好持刀相逼，表现了她的胆识过人和勇于反抗官府的精神。

没有女人味好不好？在卫道者的眼里，肯定认为大大的不好。一个女人不像女人，还要教训做官的人们，岂不阴阳颠倒，成什么话？！连塑造顾大嫂形象的作者也并不怎么欣赏，给她起了个含有嘲笑意味的“母大虫”绰号。乐和在酒店里见到的顾大嫂是这等模样：

眉粗眼大，胖面肥腰。插一头异样钗环，露两个时兴钏镯。有时怒起，提井栏便打老公头；忽地心焦，拿石锥敲翻庄客腿。生来不会拈针线，弄棒持枪当女工。

这样的印象是褒还是贬？看来贬多褒少。倘若从妇女独立和个性解放的角度去读《水浒传》，那么，顾大嫂缺少古代那种充满奴隶气息的女人味，不正说明她已开始挣脱套在妇女身上的各种精神锁链。

扈三娘不该嫁给王矮虎

《水浒传》描写的梁山泊是男人的世界、男人的事业。但社会毕竟是由一半男人和一半女人组成。《水浒传》作者虽然对女人抱有很深的偏见，梁山世界仍然离不开女人。有些好汉为了救助妇女而被逼上梁山；有些好汉受了妇女的拖累犯了罪而不得不逃往梁山；有些好汉力图摆脱女人的纠葛而以独身为乐；还有位女中豪杰卷入了梁山大军的洪流，为梁山世界增添了异性的光彩。不过，在作者以大无畏的精神描写梁山好汉勇猛反抗黑暗朝廷的同时，一旦涉及男女关系，便流露出卫道者的庸人气息。上了梁山的三位女将，在反抗专制压迫中，确有闪光的表现，而在伦理道德方面，却打上了深浅不一的烙印。这种矛盾现象，在扈三娘身上，表现得更为突出。

在三打祝家庄的战斗中，梁山好汉遇到了一位女将，她来自扈家庄，是扈太公的女儿，使两口日月双刀，连枪法精明的摩云金翅欧鹏也占不了半点便宜，可见其武艺之高超。这位女将就是一丈青扈二娘。

在交战过程中，有两场战斗特别引人注目。第一场是一丈青舒臂捉矮虎。其时贪色的王英见扈三娘这样标致的女人上阵挑战，便向宋江主动请战。在和一丈青生死搏斗之时，又不顾死活地“做起光来”，一丈青痛恨“这厮无理”，挥动双刀，直上直下砍将入来。王矮虎敌不过，拨回马却待要走，被一丈青纵马赶上，轻舒猿臂，将王矮虎提离雕鞍，活捉去了。

第二场是豹子头跃马擒娇娘。一丈青越战越勇，连败梁山数将，并来追赶宋江。如果不是林冲及时赶到，说不定梁山大首领也成了一丈青的俘虏。林冲毕竟是禁军教头，不仅精通武艺，而且谋略过人。斗不到十个回合，便故意卖个破绽，放一丈青两把刀砍入来。林冲把蛇矛逼个住，将两口刀逼斜了，赶拢去，也来个轻舒猿臂，款扭狼腰，把一丈青只一拽，活挟了过来。

一丈青被俘上山，宋江充当月老，为她做媒。读者诸君，请试猜一猜：宋江会将扈三娘许配给谁呢？看了上述两场战斗，依照人情事理推测，恐怕十有八九会猜林冲（其时林冲的原妻已被逼死）。出人意料的是，宋江竟要将俊俏英武的扈三娘配给身矮貌丑、败在扈三娘手下的王矮虎。这样处理是否有点“乱点鸳鸯谱”的味道呢？

《水浒传》在婚姻问题上，可说是不敢超越传统礼教一步，对待妇女也是极不尊重的。作品两次写到宋江做媒。第一次是把花荣的妹子配给秦明，第二次把一丈青配给王矮虎。宋江做媒的目的，是为了笼住将领的心，完全不管女方的意愿。这不算太过分，只是传统社会里一般的嫁娶情况的反映。让人难以容忍的是，把花荣妹子配与秦明，是拿秦明原妻的头颅作为彩礼的。宋江明知他出的计谋必定置秦明妻子于死地，但他事后却堂堂正正地对秦明说："不恁地时，兄长如何肯死心塌地？若是没了嫂嫂夫人，宋江恰知花知寨有一妹……宋江情愿主婚。"从这里可以看出，作者极力肯定的人物宋江，对待人家妻子，视若衣物，是可以随时替换的，心目中完全蔑视妇女的人格和尊严。对待扈三娘也是如此，他在清风寨为了放走刘高的婆娘，曾欠下王矮虎的一笔老婆债。现在碰上林冲活捉了扈三娘，正好拿她还债。

这桩极不般配的婚事，王矮虎当然喜出望外，恨不得马上成亲，双双携手入洞房。但扈三娘将如何对待呢？王矮虎论品德、武艺和容貌，哪一样也配不上她。聪明漂亮的潘金莲硬被嫁给"三寸丁谷树皮"的武大郎，使她无时无刻不深感屈辱和痛苦，因而千方百计寻求摆脱的办法。一见武松，心想："我嫁得这等一个，也不枉了为人一世。"可是扈三娘却听任宋江随意摆布，甘心情愿地嫁给又矮又丑、贪财好色的手下败将王英，连半句话也没敢说。因此，看到这里，常使人浑身不舒服了好几天。

梁山军何以走向毁灭之途

梁山英雄上梁山的路，可说是曲之又曲，汇合为梁山军以后，却所向披靡。虽有小挫，但总的趋势是所向无敌。

梁山大军在军事上大致经历三个阶段：

第一阶段：摧毁梁山周围的七围子，歼灭了土豪恶霸，如三打祝家庄等。

第二阶段：发展为攻城夺府，打击地方官府，如攻打高唐州，智取大名府等。

第三阶段：反抗朝廷的军事围剿。如两赢童贯、三败高俅等。

梁山大军在战斗中不断壮大自己。王伦当梁山寨主时，手下只有三五百人。经过晁盖、吴用等梁山英雄的苦心经营，到宋江领导梁山军三败高俅时，已发展到雄兵十万。这支队伍特别善战，水战、陆战、攻城，反围剿，都表现出极大的威力。进攻东京时，如入无人之境，令朝廷大为震惊。先后派遣童贯率领十万大军，高俅率领十三万大军围剿梁山泊。气势汹汹，大有一口吞掉梁山之势。可是，刚一接触，当即溃不成军。

从表面看，童贯、高俅率军和梁山军作战，属于围剿反围剿。但就双方投入的兵力、将领和战略意图，已多少带有决战的性质。

当时的朝廷可说已倾尽了全力。童贯的围剿一败再败。朝廷只得另委高太尉为最高统帅，连发十道紧急公文，调动了十个节度使及十三万精兵，下了最大决心，要求一举摧毁梁山泊，消灭梁山军。但事与愿违，高俅的连续进兵，同样以惨败告终。作为最高统帅的高俅还被梁山水军头领张顺活捉上山。

按照事物的发展逻辑，梁山军理应乘胜追击，“杀到东京”，推翻黑暗腐朽的徽宗王朝，建立梁山军的政权，实现“八方共域、异姓一家”的社会理想。

奇怪的是，宋江并没有这样做，甚至连想也没有这样想。而且，接连出现了一连串莫名其妙的怪事。梁山军的死敌高俅被俘后，不仅没有受到应有的审判和惩治，反而成了梁山的座上宾。宋江见到高俅，“纳头便拜，口称死罪”，立即教“杀牛宰马，大设筵席”，盛情款待这个头号敌人。下令会集三军大小将领都来拜见高俅。梁山英雄眼见宋江跪倒在死敌高俅面前，听他胡诌什么“万望太尉慈悯，救拔深陷之人，得瞻天日。刻骨铭心，誓死图报”。在座各路英雄，包括林冲在内，没人表示异议。

这一切都如此反常，究竟为了什么?

有人说，宋江这么做，是为了征辽，反抗外族的侵略。这种说法，放在北宋历史背景下，不能说没有道理。当时民族矛盾一直很尖锐，也符合“宋末到元初的人民的思想”。（鲁迅 :《中国小说的历史的变迁》）但是，就《水浒传》的实际描写看，宋江为征辽而受招安的说法，找不到多少根据。别的且不说，宋江受招安后，并没有提出征辽的请求。征辽是宿太尉临时出的主意。梁山军受招安后，朝廷仍将他们视为心腹之患。有人主张把梁山军分散各地，使之无形消灭；有人甚至建议把他们赚入京城，尽数剿除。在这种情况下，一向主张招安的宿太尉献出让他们去征辽的计谋。如果从版本的角度看，征辽的情节显然是后来插入的。

要说明宋江在梁山军取得节节胜利的时刻引向受招安的歧途上去，只能着眼于《水浒传》的整体构思。

现在需要进一步探讨的问题是：宋江违背梁山聚义的宗旨，背离梁山聚义的方向，为什么没有得到有效阻止？反招安派是梁山大军的基本骨干，他们激烈地反对招安，为什么不能取得反招安的胜利？细思之，反招安派自身也存在严重的弱点：

一、反对招安的行动虽然很激烈，但是，始终不见有谁指出问题的实质及危险的后果。李逵可说是激情有余，理性不足。

二、三次重大的反招安行动都不见有人提出具体的代替方案。

李逵提出“杀去东京，夺了鸟位”，可说是个方案，却没有和反招安结合起来，一直被视为狂言，没有得到应有的支持。武松说，老提招安，冷了兄弟们的心。宋江一反问，即无辞以答。头脑最清醒的要算鲁智深，他对受招安作了比较深刻的分析，指出：“只今满朝文武，多是奸邪，蒙蔽圣聪，就比俺的直裰染做皂（黑色）了，洗杀怎得干净？”既然受招安不可行，那么该怎么办呢？他同样提不出好办法，只说“招安不济事，便拜辞了，明日一个个各去寻趁罢”。也就是猪八戒的看家本领，散伙了事。

三、军师吴用曾被人列为反招安派。其实，他只是主张有条件接受招安。七十五回写陈太尉奉旨前来招安，他认为时机尚未成熟，如果低声下气地接受这次有蔡京、高俅参与策划的招安，会被“看得俺们如草芥”，故主张先“教他着些毒手，杀得他人亡马倒，梦里也怕，那时方受招安，才有些气度”。可见，他并不反对招安，没有尽到军师应尽的责任。

四、梁山大军的下层将士有三五千人不同意受招安，但没有任何发言权。受招安的决策，并没有征求他们的意见。他们只好一走了之。这一笔非常重要，表明受招安违背了梁山聚义的宗旨，而李逵却盲目地跟了去。

这样，专制统治者的怀柔策略，通过梁山军的内部矛盾而产生作用，终于瓦解了梁山军，达到军事围剿所没有达到的目的。

南征方腊归来的幻灭感

梁山大军每次打了胜仗回到山寨，大小头领聚集一堂，举行庆功宴。各英雄好汉大块吃肉，大碗喝酒，何等快乐！酒宴后还论功行赏，分点浮财，何等惬意！

自从接受招安以后，这种欢乐日子再没出现过。

征辽得胜回朝，本应受到隆重欢迎，立功将领升官晋爵。可是，出乎意料，宋江只得了个芝麻官“皇城使”，卢俊义也只得个绿豆官“行营团练使”。其余众头领尽管立了各种战功，不仅无升无赏，反而备受歧视，连京城也不准进，真令人扫兴！

南征方腊，凯旋班师回朝，尽管张招讨在睦州设太平宴，庆贺众将官僚，赏劳三军将校，但整个队伍仍然沉浸在悲凉的气氛之中，这究竟是什么缘故呢？

征方腊以后，宋江回到京城，垂泪不止地向皇帝拜奏：“以臣卤钝薄才，肝脑涂地，亦不能报国家大恩。昔日念臣共聚义兵一百八人，登五台发愿，谁想今日十损其八。谨录人数，未敢擅便具奏，伏望天慈，俯赐圣鉴。”报功之意化为哀悼之情，内心相当沉重。久经战阵的一〇八将，不仅十损其八，而且都死得非常悲惨。不像为国壮烈牺牲，而是惨死在互相残杀之中。

张顺在攻打杭州时，想从内湖水池中爬进涌金门，不料城上踏弩、硬弓、苦竹箭、鹅卵石，万发齐射，这个昔日骁勇无比的水军英雄，就这样丧身在水池之中。

解珍攀登乌龙岭，一挠钩搭住他的头髻，他赶紧砍断挠钩，从悬岸上摔了下来。这个猎户出身的老英雄，立刻摔得粉身碎骨。解宝欲救哥哥，也被万箭射死。

即使侥幸归来的，也有不少成了残废，打虎英雄武松在攻打睦州时，被包道乙飞剑砍断左臂。因此，回京的头领，心头都压着一块大石，怎能不沉浸在悲凉的气氛之中呢?

方腊的军队固然被消灭了，梁山大军何曾获得胜利呢?

梁山军就其实力而言，足以达到“杀去东京，夺了鸟位”的目标。由于掌舵人弄错了方向，终于使战功赫赫的梁山军触礁沉没，多年浴血奋战的成功毁于一旦。

最高目标实现不了，那么反奸臣反贪官的目标实现了没有呢?除杀掉了一些小贪官大土豪，左右朝政、祸国殃民的六个奸贼，连个小指头也没碰伤。

实际上，宋江接受招安前后，都没有尽心尽力反对奸佞邪恶势力。有几次反权奸的大好时机都被他耽误了。他满门心思在考虑如何实现受招安，对于反奸臣反贪官已提不起劲。高俅被俘，他亲自放走。招安谈判，是在梁山军获得大胜之后进行，本可以提出除奸惩恶为条件，但宋江根本忘记林冲等人的血海深仇。也不顾及阮小五“酷吏赃官都杀尽，忠心报答赵官家”的愿望。这样，推翻黑暗朝廷固然没有实现，反权奸也落了空。

鲁智深生擒方腊，宋江祝贺他立了大功，拟回京奏闻朝廷，希望他还俗为官，图个封妻荫子，光耀祖宗。想得何等美妙！谁知鲁智深冷冷地回答说：“洒家心已成灰，不愿为官，只图寻个净了去处，安身立命足矣！”宋江见他不肯还俗，便建议他到京师去主持一个名山大刹，也可光显宗风，报答父母劬劳之恩。美梦一个接一个，仍然想得很美。

宋江似乎完全不了解朝廷里有众多的奸贼在等着他们。鲁智深不同，他头脑清醒，预感到前景不妙。因此没领宋江的情，回答说：“都不要，要多也无用。只得个囫囵尸首，便是强了。”

后来事实证明，鲁智深的估计是正确的。回京的二十多名梁山好汉，凡是看破此情，纳还官诰，退隐归农的，俱得善终。那些跟着宋江做美梦，沉迷于功名富贵者，几乎都遭到奸臣的陷害。

富有讽刺意味的是，一〇八将中，当初放走宋江的朱仝，“在保定府管军有功，后随刘光世破了大金，直做到太平军节度使”。这个例外更反衬出梁山众英雄的悲惨结局。

梁山好汉在征方腊归途中充满着幻灭感，这幻灭感的出现原因很多，其中最主要的是奸贼未除，国无宁日。浪子燕青为人敏感，他不忘旧主人的恩情，特意私访卢俊义，规劝他纳还官诰，隐迹埋名，寻个僻静去处，以终天年。卢俊义和宋江一样，正做着“衣锦还乡”的美梦。因此反问燕青：“你如何却寻这等没结果？”燕青深知卢俊义其人，估计再说也没用，便只好笑笑说：“主人差矣！小乙此去，正有结果，只恐主人此去无结果耳！”临别再次提醒他好好寻思，不要等到“祸到临头难走”。

燕青的一席话，虽然说得隐隐约约，但弦外之音，不难领会。只是卢俊义官迷心窍，难以醒悟。

理想的幻灭是痛苦的。幻灭可以导致沉沦，也可以是觉醒的开始。《水浒后传》描述燕青在幻灭之后，同李俊等人重举义旗，开创新大地，就是证明。

梁山英雄的遗恨

梁山泊英雄聚义反抗官府，经过了几场轰轰烈烈的战斗，最后终丁旗倒人亡，以悲惨告终。

想当年，刚上梁山时，英雄们意气风发，眼看梁山事业的蓬勃发展，不免使人沉醉在种种美梦之中。

同是梁山中人，美梦并不完全一样。宋江做的大概是忠臣梦，李逵是将军梦，杨志是功名梦，王英是美妾梦。

林冲呢？估计应是除奸梦。他被高俅父子害得家破人亡，至死也不会忘记这笔血海深仇。他在火并王伦之后，推举晁盖为梁山寨主，就当众宣布，梁山大军今后的奋斗目标是："剪除君侧元凶首恶。"在与高廉对阵时，也曾咬牙切齿地骂道："你这个害民强盗，我早晚杀到京师，把你那厮欺君贼臣高俅，碎尸万段，方是愿足。"金圣叹在此批道："骂高廉只此一句，下自痛骂高俅，妙绝"，"对高廉骂高俅，各人心中自有怨毒，妙绝"，"此等意思，又确是林武师，宋江不尔，武松不尔，鲁达不尔，李逵不尔，石秀近之矣，而犹不尔。”这些批语分析得相当深刻。从血海里爬出来的人，内心里深切的爱和刻骨的恨，都超过了常人。林冲碰上高廉，必想到高俅；想到高俅，必想到东京、沧州的一幕幕悲剧，内心激起阵阵波澜。因此，对高廉骂高俅，是很自然的事。反映了隐藏在林冲深处的“怨毒”，只要有机会，就会发泄出来。金圣叹的批语也有可斟酌之处。他说：“鲁达不尔”，“石秀近之矣”，有点不好理解。鲁达与林冲，结拜为兄弟，对高俅迫害林冲的罪行，比石秀体会更深。如果有朝一日，林冲实现了对仇敌高俅“碎尸万段”，相信拍手称快的首先是鲁达，而不是石秀。

林冲的除奸梦，并没有化为现实。其他英雄的美梦，也随着岁月的消逝而一个个破灭。

此时，梁山毁了，方腊被凌迟了，剩下的梁山英雄也走到了人生的尽头。回首往日，几番风雨，几番搏斗，残梦只留下淡淡的幻影，面对虎豹豺狼横行各地的现实，英雄们将会有什么感想呢?

陈老莲创作《水浒叶子》时，在黑旋风画像旁，题了一行字：“杀四虎何足闻，悔不杀封使君。”认为李逵受招安以后，定会后悔当年杀贪官污吏杀得太少了。

这种后悔的心情，可能不只李逵一个。

鲁智深当年打造禅杖时，曾立誓，要用“禅杖打开危险路，戒刀杀尽不平人”。如今身居杭州六和寺，在晨钟暮鼓里依稀听到过去战场上的鼓声锣声。静寂时看看身边的禅杖，回想一生，不平人已杀了多少，世间还有多少不平人。料想他的内心不会太满意。

再看看阮小七。他在攻入帮源洞方腊内苑深宫时，找出方腊的穿戴，上面尽是珍珠宝玉，觉得怪好玩，便把衮龙袍穿了，系上碧玉带，着了无忧履，戴起平天冠，又把白玉珪插进怀里，跳上马，手执鞭，跑出宫前，模仿方腊的样子过一过帝王瘾。回京后，被王禀告发，朝廷追夺了他的官诰，复为庶民。他从石碣村上了梁山，如今又回到石碣村，依旧打鱼为生，奉养老母。当他重回石碣村时，会有什么感想呢？想当年，黄泥岗上劫取生辰纲，芦苇荡里活捉何涛，梁山水泊偷换御酒，受了招安，请求再返上梁山……往事历历在目。奋斗了半辈子的阮小七，得到了什么？失去了什么？会不会像李逵、鲁达那样后悔没有除掉奸贼呢？也许认为官场太险恶，还不如当个渔民逍遥过一生？

尚存的梁山英雄恐怕各有各的遗恨，这种遗恨是怎么造成的？是谁造成的？

显然，各种遗恨都和宋江接受招安密切相关。可是，他们只有怨恨奸贼，却没有人埋怨宋江。在征辽过程中，也曾有过再返上梁山的酝酿，但始终不见有人清算宋江接受招安的错误。李逵喝了宋江的御酒，明知被毒杀，也没有醒悟。为了义气，情愿跟宋江陪葬。

这一切，都令人难以理解。

幸亏，清代后出的几部小说，对宋江接受招安的错误，作了不同程度的批判，才多少弥补了这个遗憾。

青莲室主人创作的《后水浒传》，描写杨么领导起义。杨么被写成宋江的后身，王摩则是卢俊义转世。让他们否定前世的错误，决心走一条与宋江不同的反抗道路。二十七回写众英雄劫了法场，推举杨么为首领，共叙衷肠，接着：

只见王摩忽立起身，向杨么问道："方才哥哥说出梁山泊好汉劫救宋江。只这宋江，哥哥可学他么？可说俺兄弟晓得。"杨么也立起身说道："宋江的仗义疏财、结识兄弟，便可学得；宋江的懦弱没主见，带累弟兄遭人谋害，便不可学他。"王摩听得大快，快来扶定杨么，说道："俺王摩向来笑宋江没用。向日有言在先，若有人与王摩意见相同，就拜他做白云山寨主。……不期哥哥恰提着劫救宋江来比较。他们俱被宋江害得零落，自己也被人谋死。今日俺弟兄们救哥哥出来，恰与他一般模样。你若学了宋江，将你做了寨主，岂不将俺弟兄也要被你害得零落，岂不又是一场笑话？故此急要问你。你今主意却与王摩一样心肠，心同貌同，必能与众弟兄共得生死，做得事业。俺王摩今日同众弟兄拜你做哥哥，坐第一把交椅。"

这可说是一篇宋江批判书。不过只笑宋江软弱没主见，没有抓住宋江接受招安、投降王朝的要害。

陈忱创作的《水浒后传》，故事情节紧接《水浒传》之后，描写李俊、燕青、阮小七等梁山英雄，重新集结，再举义旗，誓死与官军相对抗。作者针对《水浒传》受招安的描写，否定宋江向昏庸腐败的王朝投降。第一回写阮小七凭吊梁山泊，在祭奠前对两个伴当说：

> 若依我阮小七见识，不受招安，弟兄们同心合胆，打破东京，杀尽了那敝贤妒能这班奸贼，与天下百姓申冤，岂不畅快！反被他算计得断根绝命！

作者借阮小七的口，重申李逵当年的意见，肯定了李逵的正确主张。后来，在实际行动中纠正宋江的错误，取得了成功，创立了宋江当年不敢梦想的英雄业绩。

还有一部不是《水浒传》续书，但是明确否定《水浒传》接受招安的错误，这就是钱彩加工创作的《说岳全传》。这部小说歌颂岳飞的抗金事迹，揭露奸臣秦桧对岳飞的陷害。小说里的牛皋形象明显地受《水浒传》李逵的影响。当岳飞遭受奸臣的排挤，宋高宗几被奸臣所害，岳飞忠心不改，仍令牛皋去“救驾”。牛皋抗命，愤愤不平地说：

那个瘟皇帝，太平无事，不用我们；动起刀兵来，就来寻着我们替他去厮杀，他却在宫里快活！

后来岳飞遇害，牛皋上太行山落草，孝宗皇帝派人来招安。牛皋嘲笑说：

大凡做了皇帝，尽是无情义的。我牛皋不受皇帝的欺，不受招安。

《水浒传》采取肯定的态度叙述宋江受招安，但在实际描写中，思想仍存在许多矛盾。梁山好汉的悲惨结局，无异于告诉人们：受招安之路行不通。后来《说岳全传》等小说，以明确的态度否定受招安，这是历史的进步。

梁山好汉撞不破天罗地网

梁山好汉大半是血气方刚之人，他们常常凭一时的义愤采取行动，莽汉李逵尤其是这样。当他挥拳痛打殷天锡时，脑子里并没有想一想：殷直阁为什么敢于强占柴皇城的花园？高廉为什么能够占据高唐州的要位？至于高俅当上太尉和眼前发生的事件有什么关联，更不在他的思考范围。

不要说莽汉李逵，就算精明过人的武松在复杂多变的社会现象面前也常常迷惑不解。当他被刺配孟州牢城，许多事情都出乎他的意料。囚徒们都说杀威棒厉害，硬汉子武松吃软不吃硬，倒想领教领教，谁知等来的却是管营好酒好肉的款待。为施恩醉打蒋门神，估计会招惹一些麻烦，随之而来的却是张都监的盛邀，提拔他为“亲随体己人”，还有意将心爱的养娘许配给他。这不能不使饱经忧患的武松感激涕零，以为真的时来运转，出头有日。当他沉醉在美梦里，夜间忽听都监后堂大喊捉贼，武松心想：“都监相公如此爱我，他后堂内里有贼，我如何不去救护。”当他抢入后堂，又奔入后花园时，谁知埋伏在暗处的军汉用板凳把他绊翻，叫一声：“捉贼”，把他当贼捆绑起来。武松以为是误会，其实，他哪里知道，当他双脚踏入张家门槛时，已陷入了黑网；当他称呼张都监为恩相时，黑网里无形的绳索已将他牢牢捆住。

专制王国是个天罗地网，那时的百姓谁也无法逃脱在黑网里挣扎的命运。不过，并不是谁都能认识到这一点。

高俅是《水浒传》揭露、鞭挞的主要对象。如果照一般小说的写法，必然要罗列他的种种罪行。但《水浒传》没有采用这种暴露方法，它把着眼点转到揭露社会关系的黑网，揭露高俅在黑网中所占的地位和所起的作用。

作者看得很清楚，高俅之所以能够把持朝政、肆无忌惮地陷害忠良，是因为背后有道君皇帝作保护伞。

高衙内、高廉之所以敢在东京和高唐州胡作非为，残害百姓，是因为背后有高太尉做靠山。

殷天锡之所以敢公然霸占柴皇城的花园，是因为凭借姐夫高廉以及背后高俅的权势。

《水浒传》抓住高俅这个关键人物揭示社会黑网的构成及其祸害，引起金圣叹的特别注意。他在第五十二回《李逵打死殷天锡，柴进失陷高唐州》卷首评道：

嗟呼！吾观高廉倚仗哥哥高俅势要，在地方无所不为，而不禁愀然出涕也。曰：岂不甚哉！……夫一高俅，乃有百高廉；而一一高廉，各有百殷直阁，然则少亦不下千殷直阁矣！是千殷直阁也者，每一人又各自养其狐群狗党二三百人，然则普天之下，其又复有宁宇乎哉！

这比孤立暴露某个贪官某个权臣的个人罪恶要深刻得多。如果说，《水浒传》在暴露方面着眼于剖析社会黑网的存在和危害，那么，在表现被压迫者的反抗方面则以冲破黑网上梁山为轴心。描写官逼民反的过程，也就是表现英雄好汉冲破黑网奔往梁山的过程。林冲杀了陆谦以后，既没有折回东京找高俅父子报仇雪恨，也没有远逃他乡找个藏身之地，而是顶风冒雪投奔梁山。梁山泊像块大磁场具有强大的吸引力。杨志、宋江等好汉不管走过多么曲折的道路，最后如同百川归海，一百〇八将都上了梁山。把冲破黑网和奔向梁山结合起来，是《水浒传》构思情节的特点。顾大嫂组织好汉从黑牢里救解珍解宝出狱，梁山好汉劫法场从刽子手的刀下救了宋江，本来救出二解兄弟和宋江大哥，在情节上已告完成。但英雄们都趁机大闹一番。或打开牢门，释放囚犯；或活捉黄文炳，智取无为军，表现了冲破社会黑网的高度激情。“撞破天罗归水浒，掀开地网上梁山”成了《水浒传》前七十一回的主旋律。

《西游记》里的孙悟空，大闹地府、龙宫和天宫，统称“大闹三界”，也含有冲破专制罗网的深刻寓意。但不论孙大圣神通多么广大，仍然跳不出如来佛的手掌。同样以象征手法表现了冲破专制罗网的艰难。梁山好汉虽有冲破天罗地网的强烈愿望，但缺乏孙大圣那样的神通，要达到目的更是难上加难。

在梁山众好汉中，若论英雄气概、机智勇敢和作战能力，恐怕只有武松等少数人可与鲁智深相比，而且他有过三拳打死镇关西、大闹野猪林救林冲等英雄历史，可是到了闹华州时，史进刺杀贺太守未成被捉，鲁智深救史进心切，又单身进府行刺，终于寡不敌众，被一班公人俘虏了，下了大狱。如果不是吴用施计，梁山好汉拼命相救，鲁智深和史进恐怕性命难保。这生动地表明，只凭个人力量去和黑暗势力较量，如同小飞虫要冲破蜘蛛大网那样是绝不可能的。

上了梁山的好汉以为冲破了天罗地网，其实只是冲破了罗网的一角。梁山泊是一小片光明天地，仍在黑暗势力的包围之中，它一再受到官军的进攻，就是证明。

除了有形的罗网，还有无形的罗网。宋江头脑里的“忠”，李逵等好汉头脑里的“义”，就是一张张无形的罗网。正因为不能冲破无形罗网的束缚，创建梁山的好汉终于用自己的双手毁了梁山，曾经冲破专制罗网的梁山好汉又再度陷入黑网中去。

从占山为王到梁山聚义

明清两代专制统治者非常害怕《水浒传》的流传，不断发出禁毁的命令。他们恐惧的是梁山泊的起义，而不怕王伦式周通式的占山为王。

《水浒传》把晁盖领导的梁山军与其他绿林好汉的上山落草加以区别，具有很高的见识。现在的一些《水浒传》评论文章认识反而模糊不清，将《水浒传》描写的各种强盗占山也视为农民起义，说成是由小股农民起义汇合成梁山的大起义。这种说法，模糊了两者的界限，似是而非，有加以澄清之必要。

例如桃花山小霸王周通，率领一帮小喽啰，啃聚山林，抢劫来往客商，谋财害命，强要民女做压寨夫人而遭到鲁智深一顿痛打。作者对周通这种强盗行径，显然是采取批判否定的态度，并不因为他们上山落草、占山为王而加以肯定。

那么梁山泊起义有什么不同呢？

在《大宋宣和遗事》里，梁山泊和一般绿林好汉占山为王并没有什什区别。称宋江、吴加亮、李进义为“落草强人首领”，带领青面兽杨志等三十六位强人“略州劫县，放火杀人”，“劫掠子女玉帛，掳掠甚众”。

就算《水浒传》晁盖上山以前的梁山泊，王伦是寨主，也仍然是占山为王。作品写他聚集五七百人，专门“打家劫舍，抢掳来往客人”，不见有反抗官府的积极行动，缺乏明确的政治理想和目标，满足于“大碗喝酒，大块吃肉，论秤分金银，成套换衣服”的绿林生活。《水浒传》里其他山头共有十几个，少华山、二龙山、清风山等，情况也大致类似。

林冲火并王伦，晁盖当了梁山寨主之后，梁山泊好汉的行为发生了三点明显的变化：

一、再不允许随意伤害客商性命，规定只对付贪官污吏、土豪大户。

二、再不允许随意骚扰民众，举起反抗官府的大旗。攻州夺县，只是为了痛击贪赃枉法、无恶不作的官僚，并不掳掠百姓。相反，进攻之前，出榜安民；夺城之后，开仓赈济。

三、再不是一股无组织无纪律的乌合之众。为了长久坚持，他们把梁山泊建设为起义根据地：整点仓廒、修理寨栅、打造军器、操练水兵。后来，宋江还与军师吴用等计议，在梁山建立六关八寨。

把梁山军分为马军、步军、水军，分别委任各军首领，此外，监造军器、物资供应、搜集情报，都有专人负责，还特设军政赏功罚罪，形成相当严密的军事组织。

《水浒传》叙述梁山泊大聚义之后，作了这样的小结：

原来泊子里好汉，但闲便下山，或带人马，或只是数个头领各自取路去。途次中若是客商车辆人马，任从经过；若是上任官员，箱里搜出金银来时，全家不留，所得之物，解送山寨，纳库公用，其余些小，就便分了。折莫便是百十里，三二百里，若有钱粮广积害民的大户，便引人去公然搬取上山，谁敢阻挡。但打听得有那欺压良善暴富小人，积攒得些家私，不论远近，令人便去尽数收拾上山。如此之为，大小何止千百余处。

《水浒传》为了把晁盖、宋江领导的梁山军与一般占山为王的山寨军区别开来，还特意安排了当时百姓对梁山军的赞颂，在扬子江边开酒店的王老汉说：“老汉听得说，宋江这伙端的仁义，只是救贫济老，那里似我这里草贼。若得他来这里，百姓都快活，不吃这伙滥污官吏薅恼。”

由于梁山军的反抗反映了百姓的愿望，梁山事业兴旺发达，天下英雄闻风而来。鲁智深等三山聚义打青州之后，一同上了梁山，孔亮看见三关雄壮，枪刀剑戟如林，心下想道："听得说梁山泊兴旺，不想做下这等大事业！" 走过许多弯路终于重上梁山的杨志也不免发出感叹："今日幸得义士壮观山寨，此是天下第一好事。" 这些发自内心的朴实话语，可说是对梁山事业最热烈的赞颂。从梁山军的形成过程、内部纪律、抗争对象和政治目标来看，它的确达到了前人所没能达到的成就。这在古代小说中，可说是个奇迹。

可是正当梁山军反抗官军、攻打州府势如破竹的时候，梁山队伍内部已潜伏着严重政治危机。晁盖还未牺牲之前，宋江已不断在官军面前表示："小可怎敢背负朝廷？盖为官吏污滥，威逼得紧，误犯大罪，因此权借水泊里暂时避难，只待朝赦罪招安。" 聚义反抗官府这"天下第一好事"被说成"误犯大罪"，要与大宋皇帝作个对头的"大事业"被歪曲为"权借水泊避难，只待朝廷招安"。后来宋江终于把梁山军引向受招安的道路。

宋江投降以后，竟以"天兵"自居，前往镇压方腊，狂叫："我若不把你杀尽，誓不回军。" 方腊军将领落在宋江手里，不是"碎尸万段，枭首示众"，就是"剖腹挖心，滴血享祭"。从前梁山英雄被朝廷视为"盗贼""草寇"而去同官府作拼死抗争，如今他们却要代表朝廷去与实际上同他们一样的所谓"盗贼""草寇"作殊死的战斗。整个打方腊的过程可说是一场疯狂、残酷的大屠杀。这种极富讽刺意味的矛盾现象，作者却赞之为"忠义扶社稷，义气助家邦"。并以方腊受凌迟酷刑作为反衬歌颂宋江。

宋江和方腊领导的同是起义军，为什么作者肯定宋江起义军而否定方腊起义军？因为宋江接受招安，尽忠报国，而方腊“自为国王，独霸一方”。从这个对比，可见梁山起义军的矛头仅限于反奸臣、反贪官和反土豪，一旦超越这个范围，矛头直指皇帝，作者即表示反对。这就是《水浒传》肯定宋江而否定方腊的根本原因。

宋江与李逵的冲突，也是围绕反不反皇帝而展开。当李逵的板斧砍向贪官污吏、土豪劣绅时，虽然作者对其鲁莽不讲策略有所批评，但总的态度是热烈赞美，可是每当他提出“杀到东京、夺了鸟位”的主张时，必遭宋江的斥责，甚至要割下他的舌头、砍下他的脑袋。这里，作者似乎不理解李逵的主张恰好代表了千百万被压迫者的根本要求。

总括来说，《水浒传》前半部批评占山为王，肯定梁山军对官府的反抗，应给予较高评价。但是自从受招安以后，他们的方向已被扭转，梁山军亦已经变质，变成了效忠朝廷的官军了。

“替天行道”变了质

梁山泊山顶上，飘扬着一面杏黄旗，上书“替天行道”四个大字。黑旋风李逵是梁山军里的急先锋，有一次竟然发生李逵砍倒杏黄旗的惊人事件。事情的经过是这样：当李逵误认宋江抢了刘太公的女儿，便立刻跑回梁山泊，径奔忠义堂，见到宋江也不答话，睁圆双眼，拔出大斧，砍倒杏黄旗，把“替天行道”四个字扯得粉碎，怒不可遏地对宋江说：“我闲常把你看做好汉，你原来却是畜生！你做得这等好事！”又说：“你不要赖，早早把女儿送还老刘，倒有个商量。你若不把女儿还他时，我早做早杀了你，晚做晚杀了你。”后来经过当面对证，证明是个误会，李逵只好负荆请罪。

这件事，虽然是误会，却具有重大意义。不只表现了宋江作为梁山首领的豁达大度和李逵的耿直性格，更重要的是表明梁山上的“替天行道”应是维护正义的旗帜、除暴安良的旗帜。即使像宋江那样的首领，也不允许违背“替天行道”的根本宗旨。

李逵砍倒杏黄旗、维护“替天行道”原则的情节不是《水浒传》作者的独创，而是根据元曲加工而成。在《李逵负荆》里，宋江的自白表明杏黄旗上原来有七个字，叫“替天行道救生民”。把“替天行道”与救生民紧紧联在一起。

另一出《仗义疏财》，宋江也说过：“专一替天行道，与民除害。”也把为民除害作为“替天行道”的主要内容。

《水浒传》里的李逵对“替天行道”的理解和元曲的精神完全一致，他希望梁山上的“替天行道”杏黄旗是一面除暴安良、救助百姓的大旗，任何人都不应该玷污这面大旗。

那么，宋江就不“替天行道”吗？当然不是。作为梁山军的首领，“替天行道”的旗帜他比谁都举得高，“替天行道”的口号他比谁都喊得响。否则，他不会在梁山忠义堂前高高悬挂这面大旗。问题是他心目中的“替天行道”所包含的内容和李逵所理解的是否一样？

从宋江率领梁山大军三打祝家庄等重大行动似乎没有什么不同。在这些事件中，梁山英雄反奸臣、反贪官、反土豪，除暴安良，劫富济贫，应该说都体现了“替天行道”的宗旨。

可是，当他把“替天行道”与忠义联系在一起，而忠义又与受招安联系在一起，“替天行道”的性质就发生了变化。这种变化，不是宋江的一时糊涂，而是反映了宋江思想深处的深刻矛盾。他既是梁山军的首领，却要奉九天玄女娘娘的旨意行事。宋江上梁山不久，下山回家接父亲，被官军追捕，躲在还道村玄女庙的神龛里，得到玄女护佑，梦见九天玄女娘娘授予天书三卷，并传法旨道：“汝可替天行道，为主全忠仗义，为臣辅国安民，去邪归正。”此后宋江的一切举动都照九天玄女的旨意行事。因此，他把接受招安、北征辽国、南征方腊都看成是在“替天行道”；甚至最后自己喝了有毒的御酒，欺骗李逵喝下同样的御酒，毒杀李逵，也视为在“替天行道”。说什么“我死之后，恐怕你造反，坏了我梁山替天行道的忠义之名。因此，请将你来，相见一面。昨日酒中，已与了你慢药服了，回至润州必死”。

宋江这样理解和推行“替天行道”，和李逵为代表的梁山好汉所要求的“替天行道”，相去何止万里。

在中国古代社会里，专制统治者善用“天意”“天命”，把一切都说成是“天”的安排。而很多起义军也常常打着“替天行道”的旗号，以对抗朝廷，至于梁山军的“替天行道”，则具体包含下列三项内容：

一、它的前提是当朝的道君皇帝昏庸无道，宠信奸佞，祸国殃民，已失去奉天治民的资格，因此，才需要梁山军取代当朝执行“替天行道”的使命。

二、要完成执行“替天行道”的使命，就必须“掀翻天地重扶起，戳破苍穹再补完”。实际上就是实行李逵的“杀到东京，夺了鸟位”，推翻违背“天意”的黑暗王朝，建立体现“天意”的新王朝。

三、梁山好汉“替天行道”的出发点是为民而不是为君，除暴安良、劫富济贫就是“替天行道”的主要内容。

宋江没有在抢夺民女上违背“替天行道”，却在梁山军的根本目标上背叛了“替天行道”的宗旨。

宋江接受招安时，并没有举着梁山上的那面“替天行道”的杏黄旗，而是打着“顺天”“护国”两面旗帜去京城面圣。用“顺天”“护国”的旗帜取代“替天行道”的旗帜意味着什么呢？

意味着梁山军原来的旗帜已被宋江抛弃了；意味着受招安后的梁山军再不是“替天行道”的队伍，而是朝廷的“天兵”；意味着梁山军再不能除暴安良，劫富济贫，而只能顺从朝廷之天，护卫朝廷之国。

可惜，梁山好汉，特别是反对招安的将领，当时并没有觉察改换旗帜的意义。从此以后，宋江再说“替天行道”已变了质，“替天行道”已变为替朝廷效力，镇压其他起义军。宋江率领梁山大军去镇压方腊，就是证明。

梁山好汉不是独身主义者

中国古代产生过各种英雄人物，却没有出现过西欧的英雄骑士。不过，论品格风貌，论行侠事迹，论牺牲精神，梁山鲁智深等好汉，和西欧中世纪的英雄骑士，颇有相似之处。他们虽然生活在不同的国度里，但为了实现人生的理想，冒险行侠，除暴安良，救助妇女，完全置个人生死于度外，谱写了一曲曲动人心弦的英雄乐章。

但梁山英雄毕竟不同于英雄骑士，特别在对待爱情的态度上，更是截然相反。西欧的英雄骑士出生入死、建功立业的动力，往往来源于对贵妇人的忠贞爱情，甚至把贵妇人视为精神偶像，为了理想的情人不惜牺牲自己的生命，在抗暴斗争中，融进了反对基督教禁欲主义的强烈愿望。相反，梁山好汉不仅没有爱情的追求，而且以不近女色为重要特征。有些西方学者见梁山好汉都是年轻壮年，却大半没有过夫妇的性生活，感到不好理解，怀疑他们是不是信奉独身主义呢?

从《水浒传》的实际描写看，提出这些怀疑一点儿也不奇怪，要找根据似乎也不难。

古代的山大王一般都占有压寨夫人，而梁山军的首领坚决反对这种倚势强占妇女的野蛮做法。

梁山军多次下山进行各种活动，不免有机会接触城乡各种妇女，但从来没见哪位好汉在男女关系上发生过越轨行为。

梁山一百〇八将都是青年壮年，除了少数有家眷外，大部分好汉长期过独身生活却毫无怨言。为了强调梁山英雄不好色，还特意写了一个贪色的王英作为反衬。

现代西方人看到这些现象，不免感到这些好汉太不近人情。但梁山好汉之所以不近女色，决非信奉独身主义，而是另有具体复杂的社会历史原因：

一、梁山好汉并不反对正常的婚姻生活，他们反对的只是高衙内、西门庆、镇关西之类那种凭借权势以非法的手段强占、玩弄、凌辱妇女的罪恶行为，并奋起和这些摧残妇女的恶劣行径作殊死的斗争。鲁智深最痛恨污辱妇女，镇关西和崔道成作恶多端，鲁智深打杀他们，主要是清算他们污辱妇女的罪行。小霸王周通欲以强娶的方式与刘太公女儿成亲，同样遭到鲁智深的一顿痛打。

二、梁山好汉之所以不近女色，不是因为敌视妇女，而是为了打熬身体，练出高强的武艺。当时的好汉普遍认为男子的精气是至珍至宝之物，是人的元气所在，为了身壮体强，不应轻易让精气流失。因此要当好汉就不能贪好女色。作品以赞许的笔调写道：“原来宋江是个好汉，只爱学使枪棒，于女色不十分要紧。”卢俊义“平昔只顾打熬气力，不亲女色”。凡是好色的，如矮脚虎王英之流，就不是真好汉。宋江曾直实不讳地指出：“原来王英兄弟，要贪女色，不是好汉勾当”，并对他直言相劝：“但凡好汉犯了溜骨髓三字（好色纵欲之意）好些惹人耻笑”。一正一反，表明梁山好汉以不近女色作为真正好汉的重要尺度。

三、梁山好汉并没有像独身主义者那样把结婚组织家庭看成人生的枷锁，只要条件许可，他们也同常人一样结婚，组织家庭。武松从维护伦理道德出发，严词拒绝嫂嫂潘金莲的引诱挑逗，但当张都监许诺将养娘玉兰许配给他时，武松受宠若惊，虽然嘴里说：“量小人何者之人，怎敢望恩相宅眷为妻？枉自折武松的草料。”心里却是甜滋滋的，千谢万谢张都监的厚爱，以致完全失去警觉，陷入罗网。

当然也不能忽视有些好汉的不近女色明显带有浓厚的禁欲主义色彩。如李逵在四柳村“乔捉鬼”，见房内一个后生搂着一个女子在那里说私房话，不分青红皂白，一脚踢开房门，举斧把后生砍翻。审问那女子，那女子已招认他俩在房内谈情说爱，李逵仍然骂她一声“腌臜婆娘”，一斧把头砍了下来。后来“李逵梦闹天池”救了一个女子，女子的母亲感激地说：“情愿把小女配与将军”。李逵无意于这桩婚事，本可以直言相告，他却反常地跳起来辱骂那女子是“腌臜歪货”。不过，综观全局，梁山好汉是为了献身事业而不近女色。

当代英雄说：不到长城非好汉！

梁山英雄说：贪色纵欲非好汉！

野蛮残酷非本色

古代小说所写的人物，往往存在这样的毛病：好的一切皆好，坏的一切皆坏。《水浒传》不然，“爱而知其丑”。梁山一百〇八将，显然是作者崇敬的英雄人物，其中有些还带有浓厚的理想色彩，却没有一个是完美无缺的形象。尤其是他们的鲁莽、野蛮以及残酷行为，都以真实的历史风貌展现在读者面前。梁山好汉在征战过程中曾经出现的野蛮、残酷行为，也令人目不忍视。

若问这些好汉为何那么野蛮、残酷，造成的原因固然相当复杂，但主要有三条：

一、有权势的人物极其野蛮、残酷的专制统治，当然不可能造出讲人道、讲仁慈的反抗者。只要想一想专制统治者曾经怎样残酷地杀戮人民的事实，那么梁山英雄的激烈反抗、疯狂复仇就不会觉得奇怪了。专制统治者对待反抗者更是无所不用其极，“满门抄斩”“诛灭九族”是常用的伎俩，对起义首领也决非一杀了事。《水浒传》里写方腊被擒，被押送东京，“凌迟处死，剐了三日示众”。所谓“凌迟”，据《宋史 · 刑法志》所述：“凌迟者，先断其支（肢）体，乃抉（割断）其吭（咽喉），当时之极法也。”照这种杀法，虽然也相当残酷，但必定立即毙命。“剐了三日示众”，显然比《刑法志》的规定更为残酷。专制统治者以为采用这种酷刑，就可以使被压迫者吓破了胆。他们不了解一个简单的道理：压力越大，反抗力也越大。历史上无数次的起义就是最好的证明。

二、极为严酷的处境迫使好汉们不得不采取极端的反抗手段。武松血溅鸳鸯楼，一下子杀了十五个人，不能说不残酷。但有些评论家不管当时的处境，以“冤有头，债有主”为理由，责备武松乱杀好人，振振有词地反问：“丫鬟、厨娘等十二人，何罪之有？”不错，张都监家里的丫鬟、厨娘也是被压迫者，并非合谋陷害武松的仇敌。如果换另外一个环境，这些受压妇女很可能成为武松救助的对象。可是，武松在张公馆里，却见人就杀，连厨房里两个丫头也各挨一刀，都杀了。这是为什么呢？试想一想，武松当时面对穷凶极恶的三个仇敌，他们不仅狼狈为奸，合成一伙，手下还有如狼似虎的帮凶，背后还有官府做靠山。如果武松当时心慈手软，加以区别对待，等武松转身上楼，这些丫鬟、厨娘很有可能大喊大叫，这样，楼上的张都监等人有了防备，张府的兵丁、保镖可能闻声赶来，出现这种情形，武松还能报仇雪恨吗？即使迅速冲上楼去，飞快地杀了张都监、张团练和蒋门神，在官兵包围下的武松，还能逃脱得了吗?

三、过去的梁山泊故事常常将梁山英雄写成杀人放火的暴徒、明抢暗偷的草贼，到了《水浒传》已作了根本的改变。但作者仍存有某些偏见。例如描写李逵的胡砍乱杀，有时完全丧失了理智，已远远超出表现鲁莽个性的需要。尤其是三打祝家庄时，扈成已来投降，双方订了协约，扈成答应宋江再不救应祝家庄，倘若祝家庄上有人逃往扈家庄，“定缚来献将军麾下”。可是，当扈成叫庄客缚下祝彪，解来见宋江时，李逵竟抡起双斧，要砍扈成，而且直抢入扈家庄里，把扈太公一门老幼，尽数杀了。这种背信弃义、乱杀无辜的行为，受到宋江的责备，李逵竟笑哈哈道：“虽然没有功劳，也吃我杀得快活！”李逵简直成了杀人狂。

为了更进一步了解历史上敌对双方的情况，不妨看看《荡寇志》怎么对待梁山英雄。第一百一十回叙述陈希真攻破兖州以后，擒获了当年攻打祝家庄的梁山英雄石秀等，陈希真竟吩咐排起香案，供起祝朝奉及其眷属的神位，紧接着写道：

礼毕，左右献上活三牲，乃是孙立、杜兴、石秀。……栾廷玉一见孙立便叫道：“且慢动手，快传一应刽子、屠户都上来。”须臾已到，栾廷玉便问道：“你们想得出极惨毒慢慢死的刑法么？”内有一个刽子手答道："请老爷暂放他宽活一日，小的便想个法儿献上。"……廷玉持刀拣孙立身上不致命处搠了个窟窿，取出杯血酒，献在祝朝奉位前。

次日刽子想的办法是：

　　用细钩钩皮肉，用刀小割，备下盐卤，浇洗创口；倘有昏晕，可将人参汤灌下，令其不死，如此缓缓动手。

有了这个对照，人们对梁山好汉的一些过火行为将有更深刻的理解。梁山好汉生长在黑暗的社会里，他们身上不可避免地会烙下那个社会的印痕。但从总体看，梁山好汉毕竟不同于有权势的人物。人们可以责备李逵的胡砍乱杀，但从他摸出十两银子送给李鬼回家赡养老母和听到刘太公女儿被宋江抢走立刻上山砍倒杏黄旗的举动，仍然可知这位莽汉的胸膛里跳动着一颗善良的心。石秀为了维护自己的声誉，鼓动杨雄碎割妻子潘巧云，行为极为野蛮残酷，可是在三打祝家庄取得胜利以后，当宋江下令洗荡祝家庄时，石秀挺身而出，规劝宋江不要采取这种极端行动，他以钟离老人为例，说明村里也有善心良民，"不可屈坏了这等好人"。宋江接受了石秀的意见，除了取一包金帛赏与钟离老人，其余百姓，"各家赐粮米一石"，以表济贫之心。可见，野蛮残忍决非石秀的英雄本色。

英雄的伴侣是美酒

梁山英雄可以没有美女相伴，却不能没有酒。鲁智深上五台山当和尚，几个月没喝酒，难以忍受，见到卖酒人就抢，揭开酒桶拼命往嘴里灌，片刻间，两桶酒喝了一桶。武松的酒瘾不比鲁智深小。施恩求他痛打蒋门神，夺回快活林。他满口应承，但必须答应一个条件：“无三不过望”。施恩问他什么叫“无三不过望？”武松笑道：“你要打蒋门神时，出得城去，但遇着一个酒店，便请我吃三碗酒，若无三碗时，便不过望子去。”结果，从孟州城到快活林，约莫经过十来处酒肆，共喝了三四十碗酒，比在景阳冈更多了一倍。

酒对人的神经有强烈的刺激性。酒醉以后，可以使人暂时得到解脱，暂时忘掉世间的忧愁，也可以令诗人灵感大发，写出清醒时写不出的诗篇。“李白斗酒诗百篇”，宋江、林冲是好汉不是诗人，在醉酒中也曾写出悲愤诗，把满肚子牢骚发泄出来。可见，李白醉中写诗决非虚传。不过，梁山英雄喝酒不是为了写诗，而是为了激发豪情壮志。

李白有句幽默诗："惟有饮者留其名。"含有自我解嘲的意味。历史上因嗜酒而出了名除了刘伶等竹林名士似乎并不多。但这句诗用在《水浒传》则很合适。著名的梁山英雄都是嗜酒者。梁山好汉的英雄气概似乎与酒量成正比。不会喝酒的青眼虎李云，谁也记不住他干了什么英雄业绩。

酒，在塑造梁山英雄形象起了哪些作用，有待深入探讨。不过，有一点可以肯定，梁山好汉不能没有酒，塑造梁山英雄也不可忽视酒。酒能成事，也能败事。如果只知酒的副作用，不知酒的好作用，以否定饮酒的眼光看梁山好汉，恐怕很难作出恰当的分析和判断。

假如没有酒，武松打虎未必打得成。可是有人不理解武松喝酒对打虎所起的积极作用，竟然得出这样的结论：打虎难，醉酒时打虎更不易。武松喝醉了酒还打死了老虎，令人难以置信。事实恰好相反，如果武松不是在景阳冈下的酒店里喝了十八碗"透瓶香"，恐怕真的打不成虎。这话决非妄加推断。不信，可引武松自己说的话作证。施恩怕他喝酒多了打不了蒋门神，武松听了哈哈大笑道：

你怕我醉了没本事，我却是没酒没本事。带一分酒，便有一分本事；五分酒，五分本事。我若吃了十分酒，这气力不知从何处来。若不是酒醉后胆大，景阳冈上如何打得这只大虫？那时节我须烂醉了，好下手，又有力，又有势。

酒不仅把武松浑身的力量调动起来，而且仰仗酒醉壮了胆。胆大力大，武松才凭赤手空拳打死了吊睛白额虎。

况且，从读者的欣赏心理看，写武松打虎也不可无酒。人们之所以相信武松有能力打死最凶猛的、曾经“坏了二十条大汉性命”的吊睛白额斑斓虎，恐怕和他喝了十八碗“出门倒”离开酒店时仍然没有醉有密切的关系。作品写武松喝酒的海量正是为他上山打虎做铺排。试想一想，如果武松的酒量与常人一样“三碗不过冈”，而不是喝了十八碗仍然若无其事；如果他的饭量与常人一样每顿三小碗米饭而不是四斤熟牛肉。这样，他上山打死了猛虎，读者就不免心存怀疑，他的超人力量从何而来?

再说，武松的豪饮和打虎的气势前后相呼应，对艺术气氛的渲染也起到很好的效果。

如果把有关酒的文字统统删去，只留下直接描写打虎的一段，武松能否成为天下传诵的打虎英雄，恐怕需要打个大问号。

假如没有酒，智取生辰纲也不得不重写。在智取生辰纲过程中，吴用非凡的智慧集中表现在对蒙汗药的运用上。如果没有酒，蒙汗药就不能发挥作用；没有蒙汗药，整个劫取生辰纲的方案就得重新部署。论实力，晁盖等八人未必比得上杨志等十五人，强行抢夺不行，只有采取奇袭。不过，奇袭也未必行得通。杨志那么精明，出发前已做好了充分准备，一路上又十分警惕。因此，如果不用蒙汗药酒，劫取的时间、地点、人力配备、活动方式等都非得全面调整不可，而这种调整能否突出表现吴用的“智”也是个疑问。比来比去，还是利用蒙汗药酒最妙，也最富有传奇色彩。双方经过紧张的斗智，最后，杨志等十五人睁大眼看着“卖枣商人”将十担金珠宝贝装上车推走，等到清醒过来，“卖枣商人”已无影无踪。真是奇绝妙绝。难怪从《大宋宣和遗事》到《水浒传》，劫取生辰纲的具体情节发生了许多变化，唯独蒙汗药酒保留了下来。

像以上“假如没有酒”的假设还可以举出许多，如“醉打蒋门神”，没有酒，当然也就不会有醉打；“鲁智深大闹五台山”，因鲁智深大醉而引起，没有大醉，也就不会那样大闹；“林教头风雪山神庙”，林冲为驱寒提着葫芦去打酒，才避免了葬身火海的厄运，没有酒，整个故事就得大变样。

总之，梁山好汉不能没有酒，施耐庵离开酒，恐怕也写不成《水浒传》。

怀抱激愤写复仇

梁山英雄们被逼上山之前，多数经过血与火的考验。社会处处有陷阱，有豺狼，他们的身心都留下了累累伤痕。在忍无可忍的情况下，正直、善良的人们一个个被迫奋起反抗。

《水浒传》写好汉们的复仇，笔墨的重点不在于如何杀人，而是着眼于表现人物为何杀人。把他们处境的险恶、遭遇的不幸、内心的悲愤，通过巧妙的情节安排，淋漓尽致地表现出来，以引起读者的强烈共鸣。

林冲的主要仇敌是高俅父子，但陆谦为虎作伥、卖友求荣的卑劣行径，在林冲看来，实在比高俅父子更为可恶、可恨。

高太尉得到徽宗皇帝的庇护，权大势大，一时难以复仇。陆谦只是个小小虞侯（随从），林冲有足够的力量教训他。

自从林冲发觉陆谦为高衙内出谋骗奸自己妻子以后，便萌生杀陆谦以泄愤的念头。先后有三次机会可以杀陆谦，但都没有杀成。

第一次在东京，林冲持刀寻找了好几天，不见陆谦踪影。原来，他自知理亏，躲到太尉府内，因此，没有被杀。

第二次在沧州，李小二报告从东京来个人，行踪诡秘。林冲根据李小二所说的模样和片言只语，估计是陆谦。立刻买了尖刀，前街后巷寻找了五天，仍不见踪影，也没有杀成。

第三次，陆谦和富安跟踪到草料场，准备放火谋杀林冲。草料场地方不大，不比沧州和东京地广人多。因此，很有可能狭路相逢，斗个你死我活。

看来林冲非杀掉陆谦不可。为什么这三次都没有杀成？并非不凑巧，而是作者特意安排。这三次时机，任何一次，让林冲手刃陆谦，都无不可。为什么不杀？因为陆谦为虎作伥、卖友求荣的罪行还没有得到充分暴露。杀了陆谦，对林冲来说，足可解恨。但还不足以激发读者的最大愤恨，虽杀也不解恨。

《水浒传》作者不仅生活经验丰富，艺术创造能力也很强。特意设计了“古庙观火谈阴谋”这个情节，让陆谦自我暴露。阅读《水浒传》，面对这样精彩的场景，必须仔细欣赏，切不可轻轻放过。

林冲从天王堂调至草料场，谋杀林冲的阴影也跟随而来。当天夜晚，刮起大风雪，令林冲浑身发冷，无法安睡，只好出门打酒。返回时，草厅倒塌了！林冲暂时到附近一座古庙里歇息。正待要睡，忽听得门外毕毕剥剥地爆响，他就门缝看时，只见草料场里起火。却待出门救火，只听外面三个人说将话来。林冲伏在门里侧耳细听，是三个人脚步响，直奔庙里来，用手推门，却被石头顶住了，推也推不开。请注意，每个细节都安排得妥帖，经得起仔细推敲。三人站在庙檐下，一面观火，一面议论。妙在三人在门外，林冲在门里，只隔一层门。三人不知林冲在门内，无所顾忌地谈论。林冲侧耳而听，句句听得分明，是谁说的话也可以分辨出来：

数内一个道："这条计好吗？"（这是差拨的声音，在向谁表功？林冲的耳朵往门上贴得更紧了，唯恐听漏一句半句）一个应道："端的亏管营、差拨两位用心！回到京师，禀过太尉，都保你二位做大官。这番张教头没的推故。"（这是陆谦的声音，原来他们想谋夺林冲妻子的阴谋仍在继续，看来他们不把林冲置于死地，决不肯罢手。最后一句特别刺耳。林冲胸膛里的愤火已往上冒。）那人道："林冲今番直吃我们对付了，高衙内这病必然好了。"（这是富安的声音，为了治好高衙内的淫邪病，他们一次次出谋害林冲，都没得逞，如今眼看林冲葬身火海，他在为主子庆幸。林冲的愤火直冲脑门。）又一个道："张教头那厮，三回五次托人情去说，你的女婿没了，张教头仍不应承。因此，衙内病患看看重了。太尉特使俺两个央浼二位干这件事，不想而今完备了。"（陆谦为这次阴谋成功而得意忘形，不禁说出了杀夫夺妻的阴谋。林冲的愤火冲破了天灵盖。本可以冲出去杀人了，但仍然忍住，听听还说些什么。）又一个道："小人直爬入墙里去，四下草堆上，点了十来个火把，待走那里去。"（差拨听了陆谦的话，晓得这次行动，非同寻常，急忙表白自己，待论功行赏，可得头功。）那一个道："这早晚烧个八分过了。"（富安盼望早点将林冲烧成灰。）又听得一个道："便逃得性命时，烧了大军草料场，也得个死罪。"（差拨再次争功。）又一个道："我们回城里去吧！"（富安以为已经功行圆满，急于回府报功。）一个道："再看一看，拾得他一两块骨头回京，府里见太尉和衙内时，也道我们也能会干事。"（陆谦更为险恶，为虎作伥的经验更为老到。拾林冲两块骨头，可作为治高衙内心病的特效药，将得到多少赏银。林冲听到这里，愤火已烧得他站立不住，再也无法控制自己。）

于是，林冲搬开石头，拽开庙门，挺着花枪，跳了出来。几个来回，干脆利落地杀了三个凶犯。刀刺陆谦心窝之前，林冲用脚踏住他的胸脯，愤怒地责问："泼贼！我自来又和你无甚么冤仇，你如何这等害我？正是杀人可恕，情理难容。"陆谦还想狡辩："不干小人事，太尉差遣，不敢不来。"林冲厉声痛斥奸贼，"我与你自幼相交，怎不干你事？且吃我一刀。"把陆谦的心肝挖了出来。

中国古代文章讲究蓄势。《水浒传》作者善于蓄愤。林冲在这种情形下杀陆谦，比起在东京，在沧州艺术效果要好得多。挖出心肝，本来是很残酷的事，林冲挖出陆谦心肝，人们并不觉得特别残酷，只感到解恨。原因就在于蓄愤。陆谦所作所为，可恶可恨到这种程度，林冲不用这种方式杀陆谦，不足以解心头之积愤。

难题难不住高手

艺术难题和艺术魅力往往联结在一起。平庸作家害怕难题，艺术高手不仅不回避难题，有时还偏要找难题做。倘若只有顺境，没有逆境，只有顺风，没有逆风，一切都顺顺当当的，写起来没劲，读起来也没味。《水浒传》作者无疑是个高手，他敢于知难而进的勇气令人敬佩。创作《水浒传》，虽然有民间传说和元代杂剧作基础，但碰到的难题并不比作家独立创作少。例如，描述一百〇八将上梁山是个好题目，但又是个不容易处理好的难题。试想，既要写出他们的共同点（被逼上梁山），又要突出他们的相异点（没有异就没有个性）；既要写出每个人的特殊命运和特殊遭遇（不独特不能吸引人），又要写出他们的世合（不汇合如何成为洪流）；既要写出上山前生龙活虎的独特风姿，又要写出上山后震撼天下的群体力量。所有这些，非大手笔，实难措手。

胡适在《水浒传考证》中说：倘使作者“能忘了那‘三十六大伙，

七十二小伙’的故事，倘使他用全副精神来单写鲁智深、林冲、武松、宋江、李逵、石秀等七八个人，他这部书一定格外的精彩，一定格外有价值。可惜他终不能完全冲破那历史遗传的水浒轮廓，可惜他总舍不得那一百〇八人。”这话说得很有道理。不过，胡适忽视了一点，《水浒传》既是梁山泊故事的加工创作，就不可能听任作者自由虚构。而且作者安排一百〇八人上山，采取点面结合的方法，应该说是较好的方法。“点”下的气力大，林冲、武松、鲁智深、宋江、李逵等形象给人印象极深，“面”也起到群雄并起、威势震天动地的作用。人们不能要求作者用写“点”的深度写“面”，虽然写“面”的笔力远不如写“点”，但不管怎样，《水浒传》所写的梁山聚义反抗官府，已组成一曲震撼人心的交响曲。这就是《水浒传》的成功。

《水浒传》创作除了上述大难，还有许多小难题。金圣叹在评《水浒传》时，特别赞许作者的手眼，说他能“将欲避之，必先犯之”，是个驾驭难题的高手。在《读第五才子书法》里特别指出：

江州城劫法场一篇，奇绝了，后面却又有大名府劫法场一篇，一发奇绝。潘金莲偷汉一篇，奇绝了，后面却又有潘巧云偷汉一篇，一发奇绝。景阳冈打虎一篇，奇绝了，后面却又有沂水县杀虎一篇，一发奇绝。真正其才如海。劫法场、偷汉、打虎，都是极难题目，真是没有下笔处，他偏不怕，定要写出两篇。

别的不说，正面写打虎，确是个难题。试问，古今作家有哪几个写打虎获得了成功。正面写打虎，至少有三难：

一、作家难得有机会亲眼观察出没于森林的野外老虎。关在铁笼里的老虎也许不难看到，却已失去了山林间的虎威。

二、作家难得有参与打虎的经验和体会。要寻找打猫打狗以至打狼的机会并不难，但其困难和危险程度，恐怕远不能与打虎相比。

三、照小说的要求，要把打虎写好，不仅要写活老虎，而且必须写活打虎英雄，富有个性的打虎英雄。这就难上加难。没有经验，只凭想象很难写好。

如此说来，写好一次打虎已不容易，《水浒传》却先后写了几次，并取得不同程度的成功。

有人说，武松不过打死一只老虎，而李逵杀死了四只老虎，可是人们最佩服的打虎勇士是武松而不是李逵。因此，断言李逵杀虎远不如武松打虎写得成功。如果评比打虎英雄，李逵难以和武松争高下。但就表现人物个性而言，似乎不宜以推崇武松的打虎来贬低以至否定李逵的杀虎。

李逵杀虎不同于武松打虎。他的目的在报仇，为老母亲报仇。李逵好不容易将老母亲背到山上，本以为可以在梁山泊里照料老母亲，报答养育之恩，想不到在半路上被老虎吃剩一条腿。此时李逵的悲愤可想而知，极其强烈的报仇情绪贯穿在杀虎的整个过程中。

如果让李逵像武松那样在沂岭上和老虎进退周旋，先避其锋芒而后伺机杀之，不但违背李逵的个性，也不符合他此时的心情。李逵沂山杀四虎之妙，恰好在于把他独特的鲁莽个性和激烈的复仇情绪表现得淋漓尽致。

钻入虎洞里去杀虎，人们认为过于冒险，其实正好表现李逵报仇的急切心情。金圣叹在夹评里指出：“写武松打虎，纯是精细；写李逵杀虎，纯是大胆。如虎未归洞，钻入洞内；虎在洞外，赶出洞来，都是武松不肯做之事。”区分两人打虎的特点是对的，但没有进一步分析李逵为什么那么大胆。李逵当时满脑子想的只是为老娘报仇，根本没有考虑钻入虎洞危险不危险。假如当时李逵的老娘没被老虎吃掉，他虽然鲁莽，恐怕未必肯钻进虎洞去冒这个险。

李逵在洞里杀了两只小虎以后，见母大虫张牙舞爪往窝里来。他举刀朝母大虫的粪门舍命一戳，使力过量，连那刀靶也直刺进肚里去了。古今中外不见有这样的杀虎法，但不这样，如何表现出李逵为老娘报仇的强烈程度。

如果只是为了表现李逵的报仇而违背了打虎的特点，那也不算成功。李逵斗杀的老虎虽不及景阳冈上的吊睛白额虎那么凶猛，但也显示了一定的虎威，不是轻易就可以杀掉。带着刀伤的母大虫负痛跳下山崖，“李逵恰待要赶，只见就树边卷起一阵狂风，吹得败叶树木如雨一般打将下来。自古道：‘云生从龙，风生从虎’。那一阵风起处，星月光辉之下，大吼一声，忽地跳出一只吊睛白额虎来。”这只老虎的出场相当有气势。李逵怎么杀了这只雄虎呢？作品写道：“那大虫望李逵势猛一扑，那李逵不慌不忙，趁着那大虫的势力，手起一刀，正中那大虫颔下。那大虫不曾再掀再剪：一者获那疼痛，二者伤着他那气管。那大虫退不够五七步，只听得响一声，如倒半壁山，登时间死在崖下。”这样杀虎，似乎太容易，不免引人怀疑。但参照《阅微草堂笔记》里的徽州“唐打猎”的故事，打虎人看准老虎扑过来的一刹那，巧妙地借虎之势力杀死老虎，是完全可能的。

沂岭杀虎，给李逵留下终生难忘的印象。后来，在平田虎途中，正逢宣和五年元旦，宋江率众兄弟大摆宴席，庆贺节日。李逵喝得酩酊大醉，梦入天池岭，见义勇为，杀了一伙抢夺民女的强盗，又到朝廷，一斧一个，杀了平生最痛恨的高俅等四个贼臣。猛可又见一座山，山高林密，忽见老娘闭着眼坐在青石上。李逵向前抱住道：“娘呀！你一向在哪里吃苦？铁牛只道被虎吃了，今日却在这里！”正搭话间，突然跳出一只斑斓老虎，李逵急忙搭斧砍去，用力太猛，双斧劈个空，惊醒过来，原来扑倒在宜春圃雨香亭的酒桌上。

第四十三回描写黑旋风沂岭杀四虎，到第九十三回再写李逵梦中砍虎作个回应，杀虎活动已沉积在他的潜意识里，印象似乎比武松打虎更为深刻。

给人物起绰号的学问

人不能没有名，没有名不成其为人。人名有正名外号之分。正名一般是父母师长起的，多半表现美好的期望，未能很好反映一个人的内外特征。因此，又有了绰号。

绰号俗称花名、外号。人们对花名并不陌生，多数人都有给别人起花名或被别人起外号的经验。《水浒传》一百〇八将，每个人都有绰号。这种做法符合江湖好汉的习惯和爱好，给人物形象增添了不少光彩。如果删去这些绰号，虽然依旧是这些人物，但不免大为逊色。譬如，当人们谈起及时雨、黑旋风或智多星，很容易唤起有关这些人物的联想而激发起一种特殊的感情，比起叫他们的名字有明显的不同。

给人物起绰号，并非《水浒传》的独创。早在春秋时代已经流行。比如当时虞国有个养牛谋生的百里奚，后来当了秦国大夫，他的绰号叫“五羖（音古，黑色公羊）大夫”。这个奇怪绰号怎么来的呢?

原来晋献公灭虞时，把他掳去，被当作陪嫁之臣送入秦国。他逃跑到楚国后，秦穆公才听说他是个足智多谋的难得人才。于是想出办法用五张黑色的公羊皮把他赎了回来，并封为大夫。因此，外号叫“五羖大夫”。

《水浒传》作者深知通俗小说读者的心理，特别重视给人物起外号。《大宋宣和遗事》里所写三十六将的外号合适的继续沿用，不合适的加以改进，如杜迁原叫“摸着云”改为“摸着天”，董平原叫“一撞直”改为“双枪将”。

《水浒传》作者怎样给人物起绰号？按照它所显示的内容和取材命名的角度，大致可分为下列各类：或以形貌特征起绰号，如林冲“生的豹头环眼”，故叫豹子头；邹润“脑后一个肉瘤”，故唤他做独角龙。或以技能专长起绰号，如戴宗“能够日行八百里”，所以叫神行太保；凌振“善造火炮”，故唤做轰天雷。或以人物脾气起绰号，如秦明“性格急躁，声若雷霆”，以此人都呼他霹雳火。或以善使某种武器起绰号，如双鞭呼延灼、金枪将徐宁。此外，还有以凶猛的野兽如虎、豹、蛟、龙等为绰号，表示其人本领高强，令人望而生畏。

作者还特意把一百〇八将的绰号以骈文的形式精心组合成一篇梁山英雄颂：

风雨日星，并识天颜之齐；电雷霹雳，不烦天讨之戚。帝阙前万灵咸集：有圣、有仙、有哪吒、有金刚、有阎罗、有判官、有门神、有太岁，乃至夜叉鬼魔，共仰道君皇帝。凤楼下百兽来朝：为彪、为豹、为麒麟、为狻猊、为犴狴、为金翅、为雕鹏、为龟猿，以及犬鼠蛇蝎，皆知宋主人王。五龙夹日，是为入云龙、混江龙、出林龙、九纹龙、独角龙，如出洞蛟、翻江蜃，自逐队朝天。众虎离山，是为插翅虎、跳涧虎、锦毛虎、花项虎、青眼虎、笑面虎、矮脚虎、中箭虎，若病大虫、母大虫，亦随班行礼。原称公侯伯子的，应谙朝仪；谁知尘舞山呼，亦许园丁、医算、匠作、船工之辈。凡生毛发须髯的，自堪宠命；岂意绯袍紫绶，并加妇人、浪子、和尚、行者之身。拟空名，则太保、军师、郡马、孔目、郎将、先锋，官衔早列；比古人、则霸王、李广、关索、温侯、尉迟、仁贵，当代重生。有那生得好的，如白面郎插一枝花，擎着笛扇鼓幡，欲歌且舞；看这生得丑的，似青面兽蒙鬼脸儿，拿着枪刀鞭箭，会战能征。长的比险道神，身长一丈；狠的像石将军，力镇三山。发可赤，眼可青，俱各抱丹心一片；摸得天，跳得浪，决不走邪佞两途。喜近君王，不似昔时无面目；恩宽防御，果然此日没遮拦。试看全伙里舞枪弄棒的书生，犹胜满朝中欺君害民的官吏。

读这篇骈文要注意作者对人物绰号有些用全称有些用简称。如开首两句，风指黑旋风，雨指及时雨，日指白日鼠，星则是智多星；电

指活闪婆，雷指轰天雷，霹雳则是霹雳火。据曲家源先生细心查对，一百〇八将的绰号，只缺“铁臂膊”（蔡福）一个，其余一百〇七将都被巧妙地联结在这篇骈文里。

给人物起绰号，看似平易实艰深。一般的随意起个花名，不难；但要起得好，恰好表现某个人物的形神特征，并不容易。《水浒传》里一些好的绰号，如同抓住了一个好汉的灵魂。起的最妙的要算李逵的外号——黑旋风。所谓旋风，是指方向相反的两股强风交合而形成的涡流风。一提起黑旋风，很易使人马上联想到李逵那种挥舞双斧、向前拼杀的雄姿，如同刮起一阵势不可挡的旋风。旋风而冠以黑字，合成黑旋风，尤为传神。这不只因为李逵长得黑，“不搽煤墨浑身黑”，更主要的是李逵刮起的旋风，既表现了强烈的反叛性，又带有盲目复仇的破坏性。黑旋风过处，不分好坏，旋卷而去，确有一股令人惊畏的“撼地摇天黑旋风”。有个小故事可见黑旋风的威力。第四十三回，那个名叫李鬼的曾假借黑旋风的威名拦路抢劫，恰好碰上真李逵。李逵见了，大喝一声：“你这厮是甚么鸟人？敢在这里剪径！”李鬼说：“若问我名字，吓碎你心胆，老爷叫作黑旋风。”李鬼为何要假冒李逵外号呢？他说：“小人虽然姓李，不是真的黑旋风。为是爷爷江湖上有名目，提起好汉大名，神鬼也怕，因此小人盗学爷爷名目，胡乱在此剪径。”滥官污吏，豪绅地主，听到黑旋风的威名，将作何种反应，可想而知。

给时迁起个“鼓上蚤”绰号也堪称形神兼备的佳作。时迁其名的字面意思是表示时间的流逝、季节的转移，和其为人并无什么关联。可是提起鼓上蚤，马上令人联想到身轻体健、灵活善跳的时迁以及他那飞檐走壁、跳篱骗马的高超技巧。他的所作所为，恰如跳蚤，在鼓面上起跳也不出声响，谁想抓住他，恐怕没那么容易。

当然应当看到，《水浒传》也有一些外号起得不大好，特别是对某些梁山好汉褒贬失当。譬如，那些招降纳叛而来的朝廷命官、武将和大地主等，大都给取个百胜将、圣水将、神火将之类的美称。相反，那些出身低贱、反抗精神强烈的梁山英雄，却给取了些凶神恶煞或令人生厌的外号，如猎户解珍解宝，一个叫双头蛇，一个叫双尾蝎。俗语说：“毒如蛇蝎狠如狼”。这些不能不说是表现了作者的偏见。

尤其令人感到遗憾的是，《水浒传》作者花费那么多精力精心构想人物外号，而像林冲、武松、鲁智深这些令人崇敬的主要英雄形象，却反而没有一个足以表现其内在精神的好外号。

十八般武艺不如一把板斧

梁山泊里的一百〇八将可说是个人才库，文韬武略，三教九流，秘术奇技，应有尽有。就拿武将来说，五虎将，八虎骑，步军水军，人人各有一套武艺，而且几乎都是天下无敌手。这里不妨挑选几位看看作者怎样赞颂这些英雄：

玉麒麟卢俊义得到的赞语是：“一身好武艺，棍棒天下无敌。”

赞大刀关胜：“使一口青龙偃月刀，人称为大刀关胜。此人幼读兵书，深通武艺，有万夫不当之勇。”

赞霹雳火秦明：“使一条狼牙棒，有万夫不当之勇。”

赞双鞭呼延灼：“使两条铜鞭，有万夫不当之勇。”

赞扑天雕李应：“能使一条浑铁点钢枪，背藏飞刀五百口，步取人，神出鬼没。”

赞双枪董平：“善使双枪，人皆称为双枪将，有万夫不当之勇。”

赞病尉迟孙立：“使一管花枪，腕上悬一条虎眼竹节钢鞭，海边人见了，望风而降。”

赞井木犴郝思文：“这兄弟十八般武艺，无所不能。”

奇怪的是，这些将领的武艺尽管被吹得神乎其神，却并不特别引人注目。倒是李逵的两把板斧，鲁智深的一根禅杖，还有张顺潜水行走的泳术，时迁腾跳自如的轻功，虽然不属于十八般武艺，作者也没有怎么替他们吹嘘，却给人们留下了难以磨灭的印象。这究竟是什么原因呢?

首先要问是否具有引起读者兴致的新奇感。所谓十八般武艺无所不通、天下无敌、万夫不当之勇等说法，在古代通俗小说中用得太滥，已失去真实感和新奇感。《西游记》里的孙大圣神通广大，但并非十八般武艺样样精通。他使用的武器只是一根金箍棒。不过这根金箍棒非常神奇：要它大，可以大到顶天立地；要它小，可以小如绣花针，藏在耳朵里。虽是一根小棒，变幻无穷，读起来便有极大的吸引力。《水浒传》不是幻想小说，当然不能写得那么神奇。作品里穿插进神行太保日行八百里和入云龙善于呼风唤雨，已感不协调。但作为英雄传奇小说，仍然要求有一定的新奇感。况且人都有好奇心，不新奇，就难以引起读者的兴趣。板斧本是樵夫上山砍柴的工具，李逵用来作为战斗的武器，而且发挥了特有的威力，化平凡为新奇。后来的《隋唐演义》出了个程咬金，使用的也是板斧。他那“三板斧”也吸引了不少读者。

其次，要看能否表现出同中之异的独特色彩。不能做到新奇有趣，至少在使用同类武器中也应有点特色。譬如大刀是古代武将常用的武器，但人们说到大刀，首先想起的是关羽使用的青龙偃月刀。为什么呢？因为《三国演义》描写关大刀很有特色。它的重量非同一般，但关羽举重若轻，挥舞起来得心应手。大刀雕上青龙，更增添了几分威力。特别是它伴随着关羽创造了“温酒斩华雄”等一系列奇迹。这样，读过《三国演义》，就忘不了关大刀。令人遗憾的是，《水浒传》写了关胜的大刀，却没有在同中之异方面下功夫。不仅刀名仍称青龙偃月刀，关胜使刀时也处处学关羽。既然毫无特色，也就不可能产生什么艺术魅力。

更为重要的一条，描写武艺有没有融入人物的情感和个性。小说不同于武技表演，不能离开人物的思想感情和独特个性去写武技。鲁智深是个富有传奇色彩的人物形象，作者满怀激情描写他的英雄性格，连同他使用的武器——禅杖，也染上浓郁的英雄传奇色彩。他在五台山下铁匠铺里要打一条重百斤的禅杖，铁匠说：“重了，便是关大刀，也只有八十一斤。”鲁智深焦躁道：“俺便不及关王！他也只是个人！”金圣叹批曰：“古亦真有关王耶？古关王亦真有刀耶？古关王刀真有八十一斤耶？谁见之？谁传之？而一人于耳，便定要依以为式，所谓真正鲁达非他人之所能假也。”鲁智深随身携带的禅杖，熔铸进了他的英雄气概和豪迈风格。在野猪林救林冲，正是这根禅杖，大显了神威。鲁智深临走还抡起禅杖打折一棵松树，镇住两个公人，然后离去，使高俅暗害林冲的阴谋化为泡影。遗憾的是，鲁智深上山以后，在战斗中，虽仍然挥舞着这根禅杖，因为没能继续表现独特的个性，这根来历不凡的禅杖也再不能引人注目了。而李逵上山以后，他那把双斧却越来越有神气，他如同旋风的搏斗风格，经常在他手提的两把板斧上体现出来。特别当他手拿双斧大闹忠义堂，更使人赞叹不已。正如《袁本回末总评》所说："昔日江州冒血刃、劫法场，出万死一生，虽粉身碎骨亦不顾；今日俨然寨主，威灵煊赫，竟以双斧相向，李逵人品超绝。"直到最后作品仍让李逵在徽宗梦中"抡起双斧，径奔上皇报仇"，怪不得后人不禁盛赞：

留得李逵双斧在，世间直气尚能伸！

一百〇八将并非都有个性

在《水浒传》研究史中，人们忘不了金圣叹。《水浒传》的广泛流传，和他的评点密切相关。他在评点《水浒传》时，提出许多重要的学术见解，特别是关于人物的个性，对小说的创作和鉴赏，具有开拓性重大意义。在金圣叹以前，还没有人做过这种分析。他说："别一部书，看过一遍即休，独有《水浒传》，只是看不厌，无非为他把一百八个人性格都写出来。"（《读第五才子书法》）而且进一步指出：水浒人物之所以有个性，是因为"人有其性情，人有其气质，人有其形状，人有其声口"。（序三）例如，鲁达、林冲、杨志，同属下级军官，但"各自有其胸襟，各自有其心地，各自有其形状，各自有其装束"。（第二十五回总评）因而个性并不相同。

《水浒传》确实写了一批有独特个性的人物，在中国艺术画廊占有重要位置，进入世界小说画廊也毫不逊色。但金圣叹说一百〇八将都具有独特的性格，则不免言过其实。一些文艺理论教科书和小说史著作，经常引用金圣叹的上述观点，并奉为金科玉律，很有必要作点辨析。

按照金圣叹论述人物个性的尺度，对照《水浒传》一百〇八将的实际描写，够得上独特个性的恐怕只有十来个。一部小说写出十来个富有独特个性的人物形象，已是非常了不起的成就。在古代数百部通俗小说中，能像《水浒传》那样写出独特个性的典型形象，只有《西游记》《红楼梦》《儒林外史》等少数几部。《水浒传》在创造独特个性取得突破性的重大进展，但也存在一些妨碍塑造人物个性的创作思想。主要有三种：

- 一、以继承模仿代替人物个性的创造。

这个毛病最明显地表现在关胜这个人物的塑造上。大刀关胜虽然是梁山泊马军五虎将，但就形象而言，他不过是个徒具躯壳、不见血肉、没有灵魂的人物。作品说他“乃是汉末三分义勇武安王嫡派子孙”，“生的模样与乃祖云长相似”，可称为《三国演义》中关羽的再版。他使用的武器是青龙偃月刀，骑的是赤兔马，为人好读兵书，处处都脱不了乃祖的形影。作为人物形象，最紧要的独特性格和内心活动却一点儿也没有。关胜原是下级军官，因深通武艺而被拜为上将，后来被任为领兵指挥使围剿梁山。战败后，宋江劝他入伙。本来在这里他的思想应该是复杂的，内心斗争是激烈的，作者可以抓住他的性格展开描写。遗憾的是，人们看到的大刀关胜几乎毫不犹豫就答应入伙了，而且从此以后，似乎还表现得颇为英勇和坚定。

作者是否以为关羽乃三国名将，死后成为世人所崇拜的神明，只要照关羽的形态依样画葫芦，摹仿得越像，就越成功。殊不知，作品在摹仿上越下气力，把关胜描写得越像关羽，越表明大刀关胜失去自己应有的个性。就算连挥舞大刀的神态也像关羽，充其量不过是乃祖关羽的影子而已。

• 二、以外貌特征代替人物内在性格的刻画。

《水浒传》描写梁山将领，很注重抓住体形容貌的突出特征。不少人物依照这些特征起绰号。如刘唐“鬓边一搭朱砂记，上面生一片黑黄毛，相貌凶恶”，所以叫“赤发鬼”。史进“肩臂胸膛刺有九条龙”，故称“九纹龙”。袭旺“浑身上刺着虎斑，脖项上吞着虎头”，因此唤做“花项虎”。小说描写人物的容貌形体，可以给人可见的鲜明形象，不可忽视。但刻画人物个性主要不是靠形体容貌，而是靠内在性格，在言行情态中表现性格。如果只抓住外貌特征，却忽视捕捉内在性格，有形无神，人物形象绝不可能活起来。例如，宋旺和杜迁，人们只知道他俩一个叫“云里金刚”，一个叫“摸着大”，大概两人的形体都非常高大。但除了高大健壮，他俩的性格怎么样呢？个性又有什么区别呢？谁能说得出。

· 三、以武艺特长代替了人物精神风貌的描写。

东昌府的马骑将张清善用飞石打人，人呼为“没羽箭”。宋江攻打东昌府，张清不断施用飞石击人之技。用石击人，带有突然性，杀伤力并不大，防备也不太难。开头一两位将吃了飞石的亏，不奇怪。但连续十五员大将挨打，似不可信。张清的飞石不断得逞，内心如何想，作者忽略了，只着眼于百发百中的奇技，以极高的兴致描写飞石击中什么部位。作者似乎不了解，描写人物击中隐蔽内心深处的灵魂，比飞石击伤外体，更为重要百倍。张清后来中计被阮氏三雄所擒，押解到州衙，被他打伤的梁山好汉，个个咬牙切齿，要来杀张清，被宋江制止，邀上大厅。这时阶下鲁智深使手帕包着头，拿着铁禅杖，径奔上来要打张清。再次被宋江喝住。应该说，这是暴露张清内心世界的大好时机，对待梁山军准备投降，还是顽抗，或者进退两难的矛盾心境，尽可以作必要的描写。但作品只用一句话：“张清见宋江如此义气，叩头下拜受降”，轻描淡写，滑了过去。至于玉臂匠金大坚擅长雕刻石玉印章，圣手书生萧让写得一手好字，神算子蒋敬精通书算，这些人被拉上山为梁山军效劳，没有任何内心冲突，上山前后也不见有什么变化。这样，活生生的人物便变为梁山的一种工具，根本谈不上有什么鲜明的个性。

东西方的乌托邦梦想

历史常有巧合之事。

古代的东西方文化交流甚少。但是，如果拿中外文学发展史进行对照，可以发现许多有趣的巧合。

譬如，中国的大戏曲家汤显祖于一六一六年去世，英国的大戏剧家莎士比亚也恰巧在这一年逝世。一六一六年，东西方两颗戏剧家巨星同时陨落，这不是很凑巧吗？

在这百年前，即十六世纪初年，另有一个巧合，也很使人惊奇。当时，又是东方的中国和西方的英国几乎同时各自出版了一部表现乌托邦梦想的长篇小说。这两部小说就是《水浒传》和《乌托邦》。它们的主题、情节、人物都不一样，但表现乌托邦梦想这一点不谋而合。

《水浒传》的出版年代，学术界一向有争论。前几年，刘知渐先生经过深入考证，找到一份铁证，表明《水浒传》书名的出现，不会晚于十六世纪初年。

这份铁证见于明人熊过的《南沙先生文集》里的《故相国石齐杨公墓表》，表中写道：

> 豹房义子（在豹房工作的人，被皇帝收为义子）多与诸贼通……群贼先时则已冒入禁内（皇宫内），观豹房游幸所在，及内廷动静举闻。或说（刘）七等《水浒传》宋江赦者（有人建议刘七等人仿效《水浒传》中的宋江通过名妓李师师向皇帝要求赦书），遂阴结上所幸通事王永（太监）。（齐）彦名遂潜见上豹房（刘七因而派齐彦名到豹房见了明武宗），事发，下狱，杖永杀之。

这件事发生在明正德五六年间（1510—1511）因此可以推断《水浒传》的出版最晚不迟于正德六年，即公元一五一一年。

英国的《乌托邦》出版于一五一六年。作者托马斯·莫尔（1478—1535），他十四岁进入牛津大学，深受柏拉图《理想国》和人文主义思潮的影响，于一五一五年写成《乌托邦》，书名全称是《关于最完美的国家制度和乌托邦新岛的既有益又有趣的金书》。

所谓《乌托邦》，意思是“乌有之乡”，也就是“空想”。莫尔借一位远洋归来的葡萄牙水手和旅行家之口，描述了一座建立在新月形大岛上的乌托邦社会。《水浒传》描写的理想世界——梁山，也可以说是个岛，周围有八百里水泊。山水相连，合称梁山泊。与“乌托邦”略有不同的是，它是实有之地，在今天山东省梁山县境。当然，《水浒传》里的梁山泊是艺术的创造而非写实。梁山泊之险在水不在山，梁山山高不够二百米，少有悬崖怪石。为了表达乌托邦梦想，《水浒传》作者把它描写成山高路险、设有三关六寨，雄伟壮观，以示“天地显罡煞之精，人境合杰灵之美”。

由于当时东西方社会发展阶段不同，历史文化背景不同，作者思想性格的不同，因此东西方创造的两个乌托邦社会也有很大的差异，归纳起来，大致有四点：

一、揭露批判的对象有所不同。《乌托邦》愤怒控诉的是社会新出现的问题：圈地，“羊吃人”，资本主义原始积累的种种罪恶，而首当其冲，受害最深的是广大贫苦农民，他们一个个被赶出家园，沦落为乞丐、盗贼和流浪汉。《水浒传》揭露和抨击的则依然是千年古国的老毛病。奸臣、贪官、虐吏和土豪劣绅，秦汉以来这伙社会蟊贼一直在中国大地作孽。到了宋末又“误走妖魔”，使众多的英雄流落江湖，落草为寇。令社会动荡不安的正是奸臣、贪官这伙戴着官帽的蟊贼。

二、探究社会祸害的根源认识有所不同。《乌托邦》认为私有制是一切社会罪恶的根源，深信“只有完全废除私有制度，财富才可以得到平均公正的分配，人类才能有福利”。它只是一般地反对私有制，还没有具体触及资本主义制度的问题。《水浒传》则认为权奸统治集团是社会黑暗的万恶之源。它也未能触及专制制度的根本问题。

三、追求的社会理想有所不同。《乌托邦》构造的理想国是一个彻底废除了私有制，消灭了剥削和压迫，财产公有，分配公正的社会主义社会。但同时还存在奴隶制和殖民地。《水浒传》所向往的梁山泊理想世界没有《乌托邦》写得那么具体，它只提出了一些原则，没有完全化为形象图画。它的梦想是“八方共域，异姓一家”，不论是“帝子神孙，富豪将吏，并三教九流，乃至猎户渔人，屠夫刽子，都一般儿哥弟称呼，不分贵贱”。政治上比较平等。“千里面朝夕相见，一寸心死生可同。相貌语言，南北东西虽各别；心情肝胆，忠诚信义并无差。”人伦关系上提倡互助互爱，同心协力。有财均分，有福同享。不分彼此，“无问亲疏”。经济上趋向于平均。但没有触及剥削的问题。

四、设计的理想人生有所不同。在《乌托邦》社会里，每个人都是劳动者，不分男女，一概亦工亦农。其中，较繁重的活计由男子充任，较轻者由妇女负责。国家特别重视教育，人人从小都得到良好教育，教育和生产劳动相结合。工作以后仍需不断学习，促使人得到自由的全面的发展。《水浒传》针对中国社会人才被扼杀被埋没的情况，提出人“各有偏长”“随才器使”的人才观，希望专长、特技都得到充分的发挥。但是只考虑到英雄好汉专长特技（“或笔舌，或刀枪，或奔驰，或偷骗”）的发挥，广大劳动者还没有进入作者视线之内。

“乌托邦”和“梁山泊”尽管都只是梦想，但它促使人们追求理想的鼓舞力量不可轻视。